떠나온 곳에
남겨진 것들

떠나온 곳에
남겨진 것들

정진희 수필집

도서출판 북인

마음이 흘러온 흔적들

소쩍! 소쩍!

두꺼운 커튼을 밀어내는 계절이면 밤마다 소쩍새 울음소리를 듣습니다. 내가 왜 도심이 아닌 전원에 살고 싶어했는지를 알게 해준 소리였지요. 어떤 밤은 벗을 찾는 울음으로, 어떤 밤은 기다림에 지친 울음으로, 어떤 밤은 나를 위로하는 울음으로 들려왔습니다. 어떤 울음이든 나는 그 소리에 기대어 잠이 들었고 소쩍새는 '여기'에서 나와 함께했답니다.

한유韓愈(768~824)의 『송맹동야서』에는 '무릇 존재가 그 평안을 얻지 못하면 울게 된다'면서, 인간의 언어도 역시 이러한데 대개 입으로부터 나와 소리를 내는 것은 다 평안하지 못한 탓이라고 했습니다.

글을 쓴다는 것은 새가 울음 울듯 내면의 울음을 토하는 일이었습니다. 어린 나이에 일찍 알아버린 허무로 늘 질척거렸던 슬픔이 내 글쓰기의 시작이 된 듯합니다. 부조리한 삶과 불가사의한 운명에 휘둘

리지 않으려는 안간힘이었고 최선의 저항이었지요. 나뭇가지 끝에 앉은 새처럼 '끝'을 열망하던 날들이 글쓰기와 함께 흘러갔습니다.

어느덧 귀가 순해지는 나이에 이르니 내게 주어졌던 모든 불우와 불화조차 감사하지 않은 것이 없습니다. 세 번째 묶는 이 책은 지난 5년간 내 몸이 걸어온 길이며 내 마음이 흘러온 흔적들입니다. 이제는 무거움을 내려놓고 유연함과 가벼움의 옷을 입고 싶습니다.

소쩍! 소쩍! '저기' 있는 다른 사람들의 울음소리가 들려옵니다.

고골 마을에서
정진희

차례

1부

회춘 레시피

'회춘'이라는 말에 귀가 솔깃한다. 하던 일을 멈추고 TV 앞에 앉는다. 젊음의 묘약이라며 회춘 주스 레시피가 나온다. 용수철처럼 일어나 메모지를 가져와 적는다. 레드비트 30g, 우엉 10g, 더덕 15g, 배 4분의 1개, 꿀이나 망고주스 혹은 요구르트. 이제 끓는 물에 레드비트를 살짝 데치고 우엉은 물과 식초를 2 대 1로 끓인 물에 데친다. 여기에 더덕과 배를 넣고 믹서기에 돌린다. 식성에 따라 꿀이나 주스나 요구르트를 첨가해서 마신다.

열심히 적었는데 실현 가능성을 따져보니 약 50프로라는 답이 나온다. 귀찮은 것은 딱 질색인데다 남편한테 같이 먹자고 하면 분명 또 팔랑귀라고 놀릴 게 뻔한데 혼자 먹자고 만들기엔 준비 과정이 번거롭다.

몇 년 전 해독주스바람이 불었을 때도 준비만 잔뜩 했다가 혼자 며칠 해먹다 모두 버렸다. 그래도 그것은 삶기만 하면 됐는데 이건 물과 식초를 비율 맞춰 끓인 물에 데치라니, 그 한 가지 추가된 과정이 마치 시험과목이 세 개쯤 늘어난 듯 여겨진다. 에잇! 포기다. 회춘 아니라 뜨거운 계절을 돌려준대도 벅차는 일을 따라하다가는 그나마 당도해 있는 가을이 초고속으로 가버릴 수도 있다.

메모지를 휴지통에 버리려다 슬그머니 서랍에 넣어둔다. 그리고 인터넷에 나도 모르게, 아니 내 손가락도 모르게 '회춘'이라고 친다. 이런! 회춘에 대한 정보가 댐 수문이 열린 듯 와르르 쾅쾅 쏟아진다. 회춘 마늘 주스, 회춘 가지 주스, 회춘 밥상, 회춘 보약, 회춘 영양식, 회춘 운동법, 회춘의 비밀, 회춘의 방법 등등, 그동안 나만 빼고 이 세상 사람들이 모두 회춘했나 싶어 눈에 불이 켜진다.

이 모든 것을 따라하면 정말 회춘하는 걸까? 또 한번 솔깃해진다. 60줄에 들어서고부터는 거울을 보기가 싫어졌다. 화장을 하면 더 괴롭다. '나이에 장사 없다'는 말이 몸으로 이해되었다. 화장으로도 감춰지지 않는 늙음이 적나라하게 보였다. 받아들이고 인정해야 함을 알면서도 보기 괴로운 것은 괴로운 거다. 보기 괴로운 것만 있는 게 아니다. 느려지고 귀찮아지고 모든 것이 의미 없어진다. 회춘이라는 단어에 온몸으로 반응하는 이유이다.

예전에 회춘이라는 단어는 남자의 성기능 회복을 일컫는 대명사였다. 나이든 남자들이 젊은 여자를 만나는 것을 회춘의 정석으로 여겼고 그 관계를 유지하기 위한 보양탕 등과 한약이 정력제라는 이름으로 시녀처럼 따라다녔다. 요즘 그 시녀가 비아그라로 대체되었는데 그것이 고산증에도 효과가 있어 박근혜정부 때는 뒷산이 높아 청와대까지 납품되었다고 한다. 자고로 회춘에서 자유로웠던 사람이 있었을까?

그리스신화 속에는 회춘하려다 영원히 하늘나라로 회귀한 왕이 있다. 최고의 악녀인 메데이아가 사랑한 남자 이아손의 숙부인 펠리아스이다. 연로한 아버지가 안타까운 이아손은 마법에 능한 메데이아에게 부탁해 아버지 아이손에게 젊음을 되찾아준다. 그 레시피이다.

어린이든 어른이든 절대 따라하지 말라는 말은 않겠다.

준비물은 쓴 즙이 나오는 마초, 동방에서 가져온 돌, 해안에서 가져온 모래, 달밤에 수집한 하얀 서리, 올빼미의 머리와 날개, 늑대의 내장, 장수한 거북이 뼈, 뿔이 커다란 사슴의 간장, 인간보다 아홉 배를 더 산 까마귀의 머리와 부리이다. 이 모든 것을 큰 솥에 넣고 올리브 나뭇가지로 저으면서 팔팔 끓이면 완성이다.

아이손의 피를 목구멍으로 모두 빼내고 이 회춘액을 그리로 부어넣자 아이손은 40년 전의 젊음으로 돌아간다. 이것을 본 이아손의 숙부이며 정적인 펠리아스도 회춘을 희망한다. 메데이아는 위의 레시피가 아닌 가짜 약초를 펄펄 끓여 그 물로 펠리아스를 죽인다.

메데이아의 레시피는 재료 구하기가 복잡하지만 요즘 인기를 달리는 빅마마의 회춘 영양식 고구마 빼떼기죽 레시피는 재료도 구하기 쉽고 간단해서 좋다. 말린 고구마와 단호박에 물을 넣고 끓이다 씻은 조를 넣는다. 거기다 으깬 팥과 검은 콩을 넣고 푹 퍼질 때까지 끓이면 완성이다. 고구마와 조와 콩의 비율은 2 대 1 대 1이다. 이것을 목구멍으로 부으면 된다. 이외에도 먹기만 해도 어려진다는 간마늘 우유부터 땅콩새싹, 햄프씨드, 서리태, 양파, 배추, 무 등 회춘을 도와준다는 식재료들이 줄줄이 나열되고 있다. 조언을 하자면 구하기 쉬운 재료가 탈이 없는 것 같다. 거기에 적당한 운동과 취미생활, 긍정적인 마음가짐은 필수 코스이다.

그런가 하면 회춘의 부작용도 있다. 메피스토텔레스와 계약을 하고 젊어진 파우스트는 모든 여자가 헬레네로 보여 길에서 만난 그레트헨에게 한눈에 반한다. 그의 격정적인 사랑으로 그레트헨은 자기 자식까지 죽이는 죄인이 되어 팔자를 망친다. 요즘 사회에서도 회춘 프로젝트로 젊어진 사람들의 지나친 자신감에 우려를 보내고 있다. 터질 듯 부푼 자아팽창으로 나이를 잊고 새 애인을 찾거나 사직서를 내는가 하면 새로운 사업에 도전하다 실패하는 등, 뒤늦게 얻은 자신감으로 "위험하게 살라"는 니체를 핑계대는 사람들이 있다. 니체의 말은 자유의지로 자기 삶의 주인이 되어 운명을 사랑하라는 것인데 말이다.

진정한 회춘이란 건강한 신체와 건강한 정신을 회복하고 자기만의 삶을 살아가는 것 아닐까. 회춘 주스 레시피를 쓰레기통에 버린다. 해먹을 자신도 없거니와 회춘에 맞는 정신적 균형을 맞출 자신도 없기 때문이다. 60대, 귀차니즘으로 늙어가는 것이 내 모습이다. 오래 자꾸만 보니 익숙해진다. 점점 편해진다. 편한 것이 최고다. 그게 상춘常春이다.

왼손잡이

　나는 요즘 왼손잡이다. 오른쪽 어깨뼈를 깎아내고 걸레처럼 해진 근육을 꿰매는 수술을 하고부터 왼손잡이가 되었다. 정확한 병명은 '회전근개파열'이다. 뼈를 깎는 아픔? 모른다. 전신 마취를 하고 뼈를 깎았으니까. 해서 그동안 가끔, 한 두세 번쯤? '뼈를 깎는 아픔'이라는 글귀를 쓴 것에 대해 반성하고 있다. 거짓말이었으니까. 아마 그럴 거라는 추측으로 썼으니 말이다. 대신 마취에서 깨어나 진통제를 먹기 전과 진통제 효과가 끝날 때쯤 몰려드는 통증은 구체적으로 느꼈으니 앞으로 '뼈를 깎은 아픔'으로 써야 되지 않을까 생각한다.

　수술 후 6주 동안 오른팔 깁스를 하면서 본의 아니게 왼손잡이가 되었다. 왼손으로 씻기, 밥 먹기, 옷 입기, 청소하기, 운전하기, 악수하기 같은 것들이 처음엔 어색하고 불편했지만 한 달쯤 되니 그럭저럭 익숙해졌다. 반세기가 넘도록 해왔던 것들을 허망하게 왼손에게 빼앗겨 버린 오른손은 허탈할까? 아니면 이제야 일꾼에서 벗어나 유유자적

쉬게 된 것을 환호할까. 인생이란 것도 무릇 이와 같아서 잘 나간다고 뻐길 것도 없고 버림받았다고 서운해할 것도 없는 것 같다. 새옹지마다. 행불행도 오고 가고 역할도 돌며 바뀐다. 나는 오른손에게 엎어진 김에 쉬어간다는 말처럼 쉬는 김에 푹 쉬라고 말해주었다.

나는 일시적 왼손잡이가 되었지만 옛날엔 왼손잡이를 극도로 혐오했다고 한다. 왼손잡이에 대한 편견이 얼마나 심했는지는 각국의 미신에서도 드러난다. 일본에서는 결혼 후 여자가 왼손잡이이면 남자는 그녀를 쫓아낼 권리가 있었으며, 에스키모 족은 왼손잡이들은 모두 무당이라고 했고, 중국에서 왼손으로 명함을 내밀면 그 협상은 결렬된다고 믿었다. 동유럽에선 왼편 눈을 악하다고 보았으며, 액땜으로 소금을 신체의 왼편 어깨에 뿌리는데 사람의 오른쪽엔 수호천사가, 왼편에는 악마가 있다고 여겼다. 지구촌 곳곳에서 왼손잡이와 왼편은 어둠과 더러움, 죽음과 악마로 여긴 풍습과 미신들이 넘쳐나는 것을 볼 수 있다.

여기에 대해 칼 세이건(1934~)은 왼손에 대한 편견의 기원을 위생사상으로 보고 있다. 미개사회에서 배설물에 의한 오염으로부터 음식물을 지키기 위해 배변을 처리하는 손을 왼손으로 정하고 구별할 필요가 있었다고 한다. 이런 구별은 사회적 도덕관념으로 발전했으며 왼손과 배설행위의 결부가 왼손에 대한 부정적인 가치관의 시작이라는 것이다.

그런가하면 서구문명에서 왼손잡이에 대한 편견의 근원은 성경이라고 보는 견해도 있다. 신약에서 예수가 최후의 심판을 설명하면서 양은 오른쪽에, 염소는 왼쪽에 분리하고 왼쪽 무리는 지옥으로 보낸다고 했다는 것이다. 또 예수가 승천 후 하나님 오른편에 앉아 있기 때문이라고도 한다. 이탈리아 시스티나 성당 제단화인 미켈란젤로의 〈최후의 심판〉에서도 예수의 왼편 아래가 지옥이다. 역시 기독교의 왼편에 대한 부정적인 인식이 드러나는 부분이다.

러시아 작가 니콜라이 레스코프(1831~1895)의 단편 「왼손잡이」에서는 이런 왼손잡이에 대한 사회적 편견을 꼬집고 있다. 내용은 천재적인 능력을 지닌 왼손잡이 강철공이 러시아 지배층의 무지와 편견으로 비참하게 죽었다는 이야기이다. 작가는 당대 러시아 사회의 미숙함과 부조리를 고발함과 동시에 기능공과 왼손잡이에 대한 편견이 얼마나 어리석은 관념인지를 보여주고 있다.

그런가하면 오스트리아 작가 페터 한트케(1942~)의 『왼손잡이 여인』에서는 왼손잡이가 등장하지 않는다. 안정과 행복을 추구하는 획일화된 삶에서 자기만의 삶을 찾고자 고립과 고독을 버텨내는 여인이 있을 뿐이다. 모두가 오른편을 따라갈 때 스스로 왼편을 택함으로써 남과 다른 특성과 감각을 찾아내는 것, 오른손잡이인 세상에서 고립된 존재이지만 진정한 '나'를 찾아 자립의 길을 가는 것을 왼손잡이에 비유했다. 왼손잡이에 대한 부정적인 편견이 사라지고 왼편의 이미지를 예술적으로 승화시킨 작품으로 여겨진다.

몇 년 전 유안진 시인을 인터뷰할 때였다. 그는 "나는 어둠, 그늘, 뒷자리가 편해요. 그것은 오른손에 대한 왼손이죠. 폴 파이어 아벤트는 모든 예술은 왼손에서 나온다고 했어요. 강자에 대한 약자, 중심에 대한 주변, 잘난 자에 대한 못난 자, 부족하고 소외돼서 서러운 곳, 그곳이 예술의 출발점이라고 생각해요"라고 말했다. 왼손에 대해 별 생각이 없었던 나는 뜬금없기도 하고 멋지기도 한 그녀의 말을 옮겨 적으며 비로소 그 깊은 사유의 폭에 감탄을 한 적이 있다.

과학적으로도 감성과 창조적인 면을 담당하는 우뇌를 발달시키려면 왼손을 써야 한다. 왼손에서 시작된 창조적인 예술과 왼편의 부정적이고 소외된 이미지를 결부한 것은 예술적 형상화로 여겨진다.

현대사회에선 문명과 문화의 발달로 왼손잡이에 대한 차별이나 편견은 거의 찾아볼 수 없다. 오히려 엄마들은 아이들의 창의력을 위해 우뇌를 자극하는 왼손을 적극 쓰도록 가르치고 있다.

지금 나는 오른쪽 팔 재활치료 중이다. 3개월째 왼손잡이로 산다. 그러나 도무지 창의적인 발상이나 창작은 일어날 기미가 보이지 않는다. 우뇌가 이미 굳어버렸거나 재가동하는 데 시간이 너무 많이 필요한지도 모르겠다. 조금 더 왼손잡이로 살다가 도무지 우뇌가 작동되지 않으면 오른손에게 다시 우선권을 돌려줘야겠다. 그나마 수동 전화기의 다이얼처럼 돌아가던 내 인지능력과 논리력마저 멈출까 걱정이다.

키다리 아저씨

시누이가 허리수술을 한 병원에 문병을 다닐 때였다. 옆 침대에 젊은 아가씨가 교통사고로 입원해 있었다. 겉으로 보기엔 멀쩡해 보이는데 목과 척추가 아프다고 했다. 차 수리비나 접촉사고의 정도가 별 문제 없어 보이는데 이 기회를 빌미로 목돈을 챙기려는 것으로 보였다. 직장도 없다면서 노랗게 물들인 머리에서 담배냄새가 풀풀 나는 것이 어딘지 불량기가 있어 보였다. 그래도 어린 나이에 고생한다며 이것저것을 챙겨주었더니 스스럼없이 자기 얘기를 술술 풀어놓았다.

그녀는 스무 살에 아무것도 모르고 남자한테 빠져 결혼식을 올렸는데 결혼식 날 축의금함을 들고 도망간 엄마 때문에 시부모님들께 쪽팔려 죽는 줄 알았단다. 기막혀하는 그녀보다 그런 말을 처음 듣는 내가 더 기가 막혔다. 그런데 그 엄마가 지금은 치매로 요양병원에 있다며 무남독녀라 자기밖엔 거둘 사람이 없다고 한다. 갑자기 나는 그녀가 기특하고 가여워졌다. 불량스러워 보였던 인상은 자취를 감추고 그녀가 이 기회에 목돈을 쥐고 나가길 바라는 마음이 들었다.

　며칠 후 병문안을 갔을 때 그녀를 찾아온 남자가 있었다. 마치 먼 나라에서 온 난민처럼 새까만 얼굴과 바짝 마른 몸매의 그는 그녀의 외삼촌이었다. "00야, 천만다행이야. 이 참에 푹 쉬고 뭐든 먹고 싶은 거 필요한 거 있으면 말해. 삼촌이 다 사다줄게. 삼촌이 있잖아, 걱정 말고." 이미 과일과 음료수를 잔뜩 사온 그는 연신 다정한 말투로 아프진 않냐, 불편한 건 없느냐, 필요한 건 다 말하라며 조카를 보살피다 돌아갔다. 그녀는 결혼하고 자식이 없는 외삼촌이 자기를 딸처럼 여겨 그 집에 깃들어 산다고 했다. 부모 덕은 없지만 외삼촌이 그 자릴 대신해준다고 생각하니 푸근한 마음이 들었다. 그런데 그가 연신 삼촌이 있잖아, 걱정 말라는 말에 울컥 설움이 복받쳤다. 내 삶에 저리 친절하고 자상하며 내가 원하는 것은 뭐든 주겠다는 사람이 있었던가.

　존 웹스터가 쓴 소설 『키다리 아저씨』는 고아원 소녀 제루사 애벗이 존 스미스라는 익명의 후원자가 보내는 지원금으로 대학생활을 하며 그에게 보낸 편지글이다. 초등학교 땐 뭣도 모르고 읽었다면 중학교 땐 절절한 부러움을 품었던 기억이 난다. 어른이 되어 다시 읽으면서 노블레스 오블리주의 정신은 물론, 시대적으로 열악했던 여성의 사회적 지위에 대한 비판의식까지 포함하고 있음에 깜짝 놀랐다. 특히 삶을 긍정하고 꿈을 향해 전진하는 한 소녀의 당찬 모습에 비하니 내 모습은 부끄럽기 짝이 없었다. 아동과 청소년들만 아니라 어른들에게도 골고루 감동을 일깨우기에 지금까지 명작으로 전해지는 것 같다.

그렇게 가난하고 힘없는 소녀들의 꿈의 대상이었던 '키다리 아저씨'는 오늘날 아무런 조건도 대가도 없이 무조건적인 후원자를 일컫는 대명사가 되어 있다.

대표적으로 주식회사 신세계 푸드가 진행하는 '키다리 아저씨 프로그램'이 있다. 조리사 또는 제빵사를 꿈꾸지만 형편이 어려운 청소년들에게 관련 자격증 취득을 지원하는 것이다. 도움이 필요한 청소년들이 사회적으로 자립할 수 있도록 하는 것이 '키다리 아저씨' 이미지와 딱 맞다.

내가 전에 살던 동네엔 '키다리 아저씨'라는 제과점이 있었다. 유명 메이커 빵보다 가격도 조금 쌌지만 주인이 그날 팔고 남은 빵을 모두 가까운 고아원에 기부하고 있다는 소문에 나는 일부러 먼 길을 달려가 빵을 사곤 했다. 그러나 자기 이익을 너무 챙기지 못해서인지 안타깝게도 오래 버티지 못하고 가게 문을 닫고 말았다. 어느 여름날 오후 빵을 사러갔다가 '키다리 아저씨'라는 간판이 사라진 것을 확인하는 순간, 나는 마치 나의 키다리 아저씨를 잃어버린 듯 그곳에 한참을 서 있었다.

병실에서 만난, 초라하지만 따뜻한 남자의 모습에서 나는 내 안에 자라지 않은 소녀를 보았다. 아버지를 일찍 여읜 나는 늘 아버지 같은 남자를 동경해왔다. 아무런 조건도 이유도 없이 내 편이 되어줄 키다리 아저씨를 기다린 것이다. 이제는 주어진 삶을 전적으로 받아들이

고 키다리 아저씨 같은 사람은 없어도 될 정도로 강해졌다고 생각했
는데… 그 새까만 얼굴의 남자가 내게 키다리 아저씨에 대한 환상을
불러일으킨 것이다. 마음 한 귀퉁이에서 쓸쓸한 바람소리가 났다. 그
런데 그 소리에 무언가 다른 소리가 섞여 있었다.

"너에게도 무수한 키다리 아저씨들이 있었단다. 이제는 네가 다른
사람에게 키다리 아저씨가 되어줄 때가 오지 않았니?"

정신이 번쩍 들었다. 돌이켜보니 중학교 전학년 장학금을 주신 선
생님, 내게 아버지처럼 편지로 이끌어주신 선생님, 엄마처럼 필요한
것을 몰래 선물로 주신 선생님들이 모두 키다리 아저씨였다. 그런가
하면 어른이 되어서도 삶의 길목마다 나의 손을 잡아준 키다리 아저
씨들이 있었다. 그분들 덕분에 삶의 계단을 하나씩 오를 수 있었다.

가장 최근에 만난 키다리 아저씨도 있다. 그분은 내가 한 수필가 단
체 회장직을 맡아 구입한 부동산에 문제가 생겼을 때 만났다. 협회 사
무실로 쓸 오피스텔을 샀는데 임차인이 사기꾼이었다. 세상의 법보다
마음의 법, 하늘의 법이 우선한다는 것은 알았지만 '사기꾼 법'도 우선
한다는 것을 그때 알았다. 그런 상황에서 변호사에게 거금을 주고 풀
어야 할 문제를 그분은 돈 한푼 받지 않고, 오히려 정기구독과 광고를
후원해주며 해결해주었다. 사기꾼을 상대로 전전긍긍하던 내게 기적
이 일어난 것 같았다. 감사의 뜻으로 작은 성의라도 표하고 싶었지만
그분은 극구 거절하며 자기한테서 받은 것을 다른 사람에게 돌려주면
된다고 말했다. 그분의 말씀을 떠올리니 그때의 뜨거운 감동이 되살
아난다. 그리고 다른 사람에게 돌려주라고 한 말씀을 잊지 않으리라

다짐한다. 두 손을 내밀어 철없이 키다리 아저씨를 기다리는 소녀를 부축해 일으킨다. "걱정마. 내가 있잖아. 너도 할 수 있어." 마음 속 깊은 곳에서 키다리 아저씨의 음성이 들려온다.

전생이 개라고?

전생이 궁금해진 것은 순전히 개 탓이다. 개라면 예쁘든 못났든, 알든 모르든, 잡종이든 순종이든 가리지 않고 좋아하는 나를 심층분석한 결과, 온 가족이 내린 결론은 '전생이 개'라는 것이다. '전생'이라는 단어가 썩 유쾌하지는 않았지만 개만 보면 혈육을 만난 듯 피가 뜨거워지고 주체할 수 없이 끌리는 나를 이해하기엔 맞는 것도 같았다. 그렇다면 진짜 내 전생은 개였을까?라는 의문이 뒤를 이었다.

마침 수련하는 친구가 전생을 잘 보는 분이 있다고 해서 찾아갔다. 점집이나 무당집을 떠올린 것과는 달리 넓고 깨끗한 수련도장이었고, 원장이라는 사람은 빛나는 홍안의 젊고 아름다운 여자였다. 약 1미터를 사이에 두고 나의 뇌파를 감지하여 컴퓨터 자판으로 옮기는 그녀의 분주한 손놀림이 오고간 지 십여 분쯤 후.

"전생에 주로 심령술사였네요. 오래 전엔 인디언들의 제사장이었고, 어떤 큰 성의 공주로도 살았지만 중국과 인도에서는 세력이 큰 점

성가였어요, 바로 직전 전생엔 스코틀랜드에서 푸른 구슬을 가진 심령술사였구요. 그러나 마부로 살았던 적도 있으니 분수에 넘치는 사랑은 안 하는 게 좋겠어요. 글을 쓴다구요? 그보다 점쟁이가 되면 크게 성공할 것 같네요."

일단 개가 아니라니 다행이다. 만약 전생이 개였다면 이참에 유기견遺棄犬 농장이나 지으려 했는데 그건 포기하기로 했다. 그러나 개가 아니었으면 학자라든가 아니, 책 한 권이라도 남긴 문필가였다면 지금 글쓰기에 얼마나 도움이 되겠는가. 그것도 아니라면 세계 최고 미녀인 트로이의 헬렌은 아니더라도, 뭇남성들의 연인이었던 루 살로메의 그림자만이라도 닮았더라면 오죽 좋으련만. 미모도 지성도 아닌 웬 심령술사? 성공하려면 점쟁이를 하라고?

종교 관련 일이나 수련을 통한 상담 혹은 심리학을 공부하던지, 점쟁이가 되면 크게 성공하겠다는 그녀의 충고를 듣고 나오는 길은 떫은 감을 씹은 기분이었다. 그러고 보니 고등학생 때부터『인생십이진법』책을 책장에 거꾸로 꽂아놓고 몰래 읽던 일이나, 국문학을 전공하면서 심리학 과목이 제일 재미있었던 게 우연이 아니었나 보다. 그러나 이제 글쓰기에 한걸음 내디뎠는데 빼는 게 낫다는 말 아닌가. 아무리 내게 소질이 없다 해도 그녀의 말은 펑크난 타이어처럼 황당하고 난감했다.

전생이란 자신이 살았던 과거 생을 말하며 과거의 그 사람이 모습을 바꾸어 현생에 태어나는 것은 환생이라고 한다. 환생이라는 단어는 내게 달라이 라마(티벳어로 '위대한 스승')를 떠오르게 한다. 티베트인들에게 살아 있는 부처로 숭앙받으며 절대적인 지존이 되어 있는 달라이 라마를 그들은 전생과 환생을 통해 계속 찾아내고 있다. 얼마 전 TV 프로그램에서 14대 달라이 라마를 찾는 과정을 보았다. 2살짜리 사내아이가 탐색단원들의 이름을 알아맞히고 13대 달라이 라마의 유품을 고르는 등 모든 테스트 과정을 통과하여 생후 4년 6개월 만에 즉위한 '텐진가쵸'에 대한 내용이었다. 믿기 힘들지만 안 믿을 수도 없는 그것은 내게 분명 '사실'로 다가왔다.

일부에선 전생이나 환생이 더 이상 미신이 아니라고 한다. 의학 분야에선 전생요법이 또 하나의 치료요법으로 자리잡아가고 있으며 범죄수사에서도 좋은 결과를 얻고 있다. 국내에선 아직 미비하지만 미국에선 1994년에 처음으로 정신의학회의 진단기준에 '영적인 문제'라는 진단명을 추가하고 활발한 연구실험에 따른 논문이 발표되고 있다.

요즘엔 손 안의 핸드폰에서 '전생'이라는 단어만 쳐도 쉽게 전생으로 가는 길을 안내하고 있다. 명상음악과 이 세상 사람이 아닌 듯한 목소리가 시키는 대로 따라하다보면, 완전한 집중과 정신적 몰입으로 시공간을 초월하도록 유도한다. 댓글을 보면 사람에 따라 전생을 보았다는 사람, 무슨 귀신이 사람 홀리는 거냐는 사람, 너나 해보세요~라는 사람 등 다양하다. 호기심에 나도 따라해보았지만 전생 입구에서 더 이상 진행되지 않았다.

전생이 개였을 것 같은 의문에서 시작된 전생 찾기는 내게 현재의 삶과 나 자신을 이해하는 데 도움이 되었다. 있는 것을 없다고 밝히지 못하면 있는 것으로 여길 수밖에 없다. 또한 있는 것을 있다고 밝힐 수 없으면 미신이 되기 쉽다. 전생요법이 확고히 자리잡기 위해선 더 확실한 과학적 근거와 종교적 한계를 벗어난 폭넓은 연구가 필요해 보인다.

그녀의 충고를 들은 지 10년이 넘었지만 나는 여전히 글쓰기에 목을 매고 있다. 진작 점쟁이로 진로를 바꾸지 않은 것은 알량한 자존심 때문이다. 무조건 믿자니 바보 같고, 절대 안 믿자니 어리석은 것 같아 글쓰기를 하면서 명리 공부를 같이 했다. 양다리를 걸쳐서인가? 별 재미를 못볼 거라는 그녀의 말대로 죽도 밥도 아닌, 끓다만 죽, 설익은 밥 신세로 산다.

보들레르여, 오늘도 건배!

인간 최고의 발명품이며 황홀한 묘약인 동시에 마술사의 계략이 담긴 술.

『한서』에는 술을 천지미록天之美祿이라 하여 하늘에서 내려준 좋은 녹이라 하였고, 신新나라 황제 왕망은 그리 훌륭한 사람은 아니었지만 술을 백약지장百藥之長이라 하여 백 가지 약 중에 으뜸이라고 했다.

나의 경우 취기가 돌면 예민하고 날선 감정들이 소금에 절인 배추처럼 노근노근해진다. 이성이 회초리를 들고 감시하던 책임과 의무, 도덕과 윤리 같은 철책에 비상구가 생기며, 한낱 덧없는 인생 따위라고 호령할 수 있는 호기가 발동한다. 그러니 평소의 주눅과 비겁과 내 허무함엔 더 없는 명약이 아닐 수 없다.

내가 술과 친해진 역사를 거슬러 올라가자면 초등학교 때부터다. 막걸리 심부름은 오빠가 했지만 아버지의 술상 앞에 마주 앉는 사람은 항상 나였다. 겨우 한두 모금이었지만 그 짜릿했던 맛은 첫 키스만큼이나 잊을 수가 없다. 본격적인 주당의 길로 들어서게 된 것은 30대 초반, 엄마가 돌아가시던 해부터였다. 그 슬픔을 달랠 길 없어 밤마다 혼자 술을 마시기 시작했다. 아이들이 잠든 밤이면 주방에 감춰둔 소주를 꺼내 마셨다. 잠실대교가 내려다보이는 베란다에서 술에 취하면 강물도 다리도 함께 흔들렸다. 그 흔들림으로 내 안의 슬픔과 하루의 고단함과 꿈을 잃은 초라함과 앞날의 두려움을 잊었다. 그것은 하룻밤만 유효했으나 분명 황홀한 묘약이었다.

40대 초반부터 시작된 전원생활은 음주의 연속이었다. 손바닥만한 텃밭도 농사라고 벼농사 짓는 이웃과 어울려 주경야독(낮에는 가볍게 저녁엔 독하게)을 실천하며 살았다. 50대가 훌쩍 넘은 지금은 "까닭이 있어 마시고, 까닭이 없어 마시고, 그래서 오늘도 마시고 있다"는 돈키호테의 말로 대신한다.

술을 마시지 못한다는 것은 인생에서 절반의 즐거움을 잃는 것이라는 말에 전적으로 동의하며, 빼어난 아름다움도, 출중한 실력도, 뒷동산만한 언덕도 없이 태어난 내가 술해독 능력만큼은 탁월하게 부여받은 것은 조상의 음덕이 아닌가 싶다. 하여 미모와 명예와 재물이 훨씬 좋겠지만, 술에 취해 부족한 것을 잊고 살아가라는 뜻으로 해석하니 과연 하늘이 내려준 좋은 녹이 아닐 수 없다.

더군다나 주객 변영로처럼 남의 집 안방을 처들어가거나, 다리 밑으로 떨어져 물귀신이 될 뻔하거나, 남의 집 대문 앞에서 몰매를 맞거나, 대낮에 알몸으로 소를 타고 길을 활보하는 기행을 저지른 적 없으니 내가 생각해도 기특하다. 다만 술 취해 청승떠느라 현관 앞에 쪼그려 앉았다가 잠이 드는 바람에 앞으로 고꾸라져 앞니에 금이 간 적과, 제사를 끝내고 식구들과 권커니 자커니 하는 도중 기절해서 뒷일을 남에게 떠맡긴 적과, 밤중에 화장실 간다며 옷방으로 들어가 실례를 하고 다음날 남편한테 야단맞은 후, 지금껏 사실을 폭로하겠다는 남편의 협박 한마디에 꼼짝달싹 못하는 걸 보면 술이 마술사의 계략인 것도 맞다.

그런데 대작大作을 이룬 대가들이 대부분 주당들이었다는데 내가 대작은커녕 소작도 못하는 연유를 어느 날 곰곰 생각해보았다. 오랜 생각 끝에 찾은 결론은 대작對酌하는 상대가 강아지이거나 텔레비전이기 때문이라는 거다. 이태백처럼 달을 벗하지 못했다면 별이라도 벗할 걸…. 그렇다고 대작을 위해 지금부터라도 뭇남정네들과 술을 마시러 다니자니 나이로나 미모로나 받아줄 사람이 없을 것 같고, 이 나이에 뭇여인네들은 더더욱 없을 터이니 소작小作마저 포기하고 그저 취할 수 있다는 것에 만족하기로 한다.

"항상 취하라…. 술로, 시로, 사랑으로, 구름으로, 덕으로…. 다만 끊임없이 취하라"라고 말한 보들레르여, 오늘도 건배!

호접몽

    밀가루 같은 피부, 산맥처럼 솟은 콧대, 잔물결처럼 웨이브로 흘러 내린 옆머리, 만화 속 테리우스가 나타난 듯, 이름 모를 영화배우인 듯 한 외국남자가 창가 쪽에 앉아 영자 신문을 읽고 있다. 아테네 발 인천 행 비행기 보잉747 시트넘버 28 C. 12시간을 그와 나란히 앉아서 갈 생각에 기쁨인지 긴장인지 당황인지 모를 열감이 꼬리뼈부터 백회까 지 관통한다. 호흡을 가다듬고 우아한 포즈로 짐정리를 한 후 책 한 권 을 꺼내들었다. 블랙슈트에 받쳐 입은 차콜 와이셔츠와 노타이 차림 의 남자가 읽던 신문을 접어 시트커버에 넣고 노트북을 꺼낸다. 책 옆 표지를 보는 척 고개를 최소한과 최대한의 경계까지 돌려 노트북 창 을 보니 일본어가 가득하다. 영어와 일어에 능통한 그리스 저널리스 트이거나 낭만적인 조르바의 친척이거나 제우스와 아프로디테의 후 손일 것만 같다. 좌석에 붙은 화면 속 비행기는 '옴스크' 위를 지나가고 있다.

캔 유 잉글리시? 영화 속에서나 볼 듯한 미소와 목소리다. 아 네 리들. 내 목소리가 기어들어간다. 으흥~ 아유 코리안? 예스 예스~. 아임 어쩌구 저쩌구. 와우~ 유아 나이스. 오 땡스, 유 깁 미 텔레폰 넘버. 오케이 히얼. 여기까지 대화를 상상하며 곁눈질로 살핀다. 이어폰도 끼지 않은 채 여전히 모니터 화면을 응시하는 모습이 내면의 소리를 듣는 듯 전혀 동요가 없다. 스튜어디스가 와서 묻는다. 커피 오아 티? 그가 비로소 얼굴을 들고 말한다. 비어 플리즈. 꿈결 같은 목소리에 공허한 눈빛이다. 캔맥주를 들고 상표를 살피고 있다. 의심이 많거나, 호기심이 많거나, 여유로운 듯. 화면 속 비행기는 '파블로다르' 위를 지나가고 있다.

스튜어디스가 와서 또 묻는다. 치킨 오아 포크? 치킨 플리즈. 나직하고 부드러운 목소리에 허탈한 눈빛이다. 마치 고급 레스토랑에 온 듯 그와 나란히 앉아 밥을 먹는다. 사랑은 마주 보는 것이 아니라 같은 방향을 바라보는 것이라는 말이 생각난다. 바라보지 않아도 말하지 않아도 곁에 있는 사람으로 행복했던 순간들이 있다.

화면 속 비행기는 '카라수크' 위를 지나가고 있다. 나는 이제 그 남자가 언제 화장실을 갈지 궁금해진다. 잠을 청하려는데 그 남자가 나갈 때 걸릴까봐 신경이 쓰인다. 비행 후 6시간이 지나가고 있지만 그 남자는 일어설 기미가 보이지 않는다. 사랑은 말하지 않아도 아는 것이라고 했던가. 그가 익스 큐즈 미 하며 일어설 때까지 기다리려다 내가 자리를 비켜주면 화장실을 갈까 하여 나는 일어나서 기내를 돌아다니기 시작한다. 세 바퀴를 돌며 그 남자를 주시하지만 고개조차 들지 않는다. 갑자기 최소한 6시간 이상 화장실을 안 가는 남자보다 내가 더 이상한 여자로 보일까봐 자리로 돌아와 이어폰을 끼고 잘 준비를 한다. 그 남자의 오줌통이 십 리터쯤 되든, 작아서 터지든, 잘 생겨서 화장실 따윈 안 가든, 지금 자지 않으면 나는 피곤을 감당할 수 없는 경계에 이르고 있다. 자신을 사랑하는 자만이 타인도 진정으로 사랑할 수 있다고 했다.

화면 속 비행기는 '알레이스크' 위를 지나가고 있다. 눈을 감으려는 순간 대각선 자리에 있던 여자가 일어나 내 얼굴 가까이 다가온다. 깊고 푸른 눈동자에 빗자루 같은 속눈썹이 달린 인형 같다. 익스 큐즈미, 아임 쏘리 갠 아이 체인지 유어 시트 앤 마인? 히즈 마이 허즈밴드. 눈짓으로 옆 남자를 가리킨다. 아, 예스 예스 오케이. 첫 번째 예스는 당신 말을 알았다는 것이고 두 번째 예스는 바꿔주겠다는 뜻이고 오케이는 이제 맘 편히 자도 되겠지만 왠지 시원섭섭하다는 뜻이다. 일어서며 그 남자 쪽을 보는데 눈이 마주쳤다. 공허하고 허탈해보였던 눈빛이 생기로 가득하다. 순간 꿈에서 깨어난 나비 한 마리 날아간다. 호접몽이다.

낭만에 대하여

― 낭만가객 최백호

굳은 비 내리는 밤/ 그야말로 옛날식 다방에 앉아

도라지 위스키 한 잔에다/ 짙은 색소폰 소리 들어보렴

새빨간 립스틱에/ 나름대로 멋을 부린 마담에게

실없이 던지는 농담 사이로/ 짙은 색소폰 소리 들어보렴

이제와 새삼 이 나이에/ 실연의 달콤함이야 있겠냐마는

왠지 한 곳이 비어 있는/ 내 가슴이

잃어버린 것에 대하여/ 낭만에 대하여

― 최백호 작사 작곡, 〈낭만에 대하여〉

고기잡이배가 묶여 있는 부둣가, 이렇게 비가 내리면 내일 아침 조업은 파장이다. 굳은비를 타고 간절히 따라오는 술 생각을 안고 다방에 들어선 초로의 사나이, 어깨가 무겁다. 어쩌다 이 나이까지 왔는지…. 꽃 같은 청춘의 시절은 꿈만 같다. 눈부신 햇살 아래 가슴 설레

던 날들, 희망과 계획으로 부풀었던 시절, 애달픈 사랑에 잠 못 들던 날들은 다 어디로 갔을까. 눈 씻고 봐도 찾을 길 없는 헛헛한 가슴속으로 도라지 위스키 한 잔이 흘러든다. 특별히 슬플 것도 기쁠 것도 없는 밋밋한 날들, 풀어진 동공 속으로 검은 창 밖의 빗물이 흐른다. 꽃 자줏빛 소파에 몸을 기댄 사나이의 얼굴이 붉어진다. 어느새 다가온 새빨간 입술의 마담과 주고받는 텅 빈 말들 사이로, 낡은 턴테이블에서 흘러나오는 짙은 색소폰 소리는 낭만적이어서 슬프다.

"첫 사랑 그 소녀는 어디에서 나처럼 늙어갈까. 가버린 세월이 서글퍼지는 슬픈 뱃고동 소릴 들어보렴"(2절)

아무것도 돌이킬 수 없다는 사실만이 가장 확실한 사실로 남은 것임을 깨닫는 나이, 푸른 청춘 대신 의연함을 보상받았지만 왠지 허전한 나이, 현실을 직시하기에 바빠 꿈을 잃어버린 나이, 실연마저 달콤함으로 추억되는 나이, 어느덧 첫사랑이 궁금한 나이에 이르고 보니 가슴 한 구석에 접어놓았던 낭만이 저릿저릿 울대를 타고 목 안으로 흘러든다.

이 노래를 듣고 있으면 이런 그림이 그려진다. 그리고 이 노래를 따라 불러보면 온몸의 세포에 허무함이 스며든다. 그러다 '낭만에 대하여'에 이르면 목젖이 아프다. 열정적인 탱고 음악과 허스키보이스가 만나 치명적인 허무의 화살을 우리들 가슴이 꽂았다.

돌아올 사람이 없어도 밤 늦은 항구에 홀로 앉아 슬픈 뱃고동 소리를 들어보라고, 궂은 비 내리는 밤에 옛날식 다방에서 색소폰 소리를 들어보라고, 도대체 무얼 잃어버린 건지 생각해보라고 한다. 그러고 보니 낭만을 잃어버린 거다. 처음부터 없었던 것이 아니다. 있었는데 잃은 거다. 첫사랑처럼 분명 있었는데 지금은 가고 없는 것들에 대한 그리움이며, 이룰 수 없는 것에 대한 동경이며, 등이 휠 것 같아도 하늘을 바라보는 여유이며, 파도처럼 출렁이고 비와 함께 젖는 눈물이다. 생존이 절실한 시대에 얼어죽을 낭만은 얼어죽지 않고 시퍼렇게 살아서 7080세대의 가슴을 황홀하게 때리고 있다.

1995년 최백호가 이 노래를 발표했을 땐 큰 반응이 없다가 김수현 드라마 〈목욕탕집 남자들〉에서 흘러나온 것이 계기가 되어 폭발적인 인기몰이를 하게 된다. 그는 느닷없이 찾아온 첫사랑과의 만남에서 인생의 허무함을 느껴 이 노래를 만들었다고 한다. 세월이 흐를수록 목소리는 더 허스키해졌고 한과 애절함과 슬픔과 허무함이 어우러져 그의 목소리가 곧 노래가 되었다. 그는 노래를 부르는 가수가 아니라 노래를 들려주는 음유시인, 낭만가객이다. 2017년 봄, 그가 데뷔 40주년을 맞아 '불혹'이라는 타이틀로 공연을 한다는 깃발이 길가에 나부꼈다.

인생의 희노애락이 묻어나는 은회색 머리, 회색 면 재킷과 같은 색 면바지, 구깃한 흰 셔츠, 운동화, 이것이 처음부터 끝까지 그가 보여준 모습이다. 초로의 남자가 토해내는 탄식과 기도와 울부짖음 같은 노래를 들으며, 눈물이 눈물을 닦아주고 슬픔이 슬픔을 위로한다는 사실을 새삼 절감한다. 옆자리에 앉은 여자가 연신 훌쩍이는 소리가 노랫가락처럼 들려온다.

"보잘것없는 한 남자의 우연과 우연이 만나 기적 같은 삶이 되었습니다"라는 인사말 속에 담긴 삶에 대한 겸허와 숙연함이 내 가슴 속에 감동의 물결을 일으킨다. 그는 가수생활하면서 전석이 매진된 것은 처음이라며 오늘을 영원히 잊지 못할 하루라고 했다. 그의 겸손함과 소박함이 바로 오늘의 최백호를 있게 한 것이라는 생각이 든다.

공연이 끝나고 최백호가 로비에서 관객과 인사를 하겠다는 안내방송이 나오자 사람들이 서둘러 로비 쪽으로 몰려갔다. 나도 그와 사진 한 컷이라도 찍겠다는 일념으로 부지런을 떨었지만 그는 이미 5,6겹의 아줌마부대에 둘러싸여 있다. 아무리 힘을 써도 뚫을 수 없었던 견고한 성 밖에서 그를 이만큼의 거리에서 바라보는 것이 어쩌면 더 낭만적이라는 생각이 들었다. 다가갈 수 없는 낭만, 가질 수 없는 낭만, 포기해야 했던 낭만들이 가슴에서 출렁거렸다. 우리에게 '낭만'을 던져놓고 '불혹'으로 시치미 떼는 남자, 그를 두고 거리에 나서니 봄밤이다.

벚꽃이 눈처럼 날리던 봄밤, 그 축제의 봄밤에 만났던 사람, 이젠 만날 수 없는 첫사랑, 그 잃어버린 것에 대하여~ 낭만에 대하여~를 흥얼거리는 하늘가로 벚꽃이 하르르 흩날리고 있다.

꿈을 꾸는 동안

시간이 흘러도 멈추어 있는 것이 있다. 때로는 프루스트의 마들렌처럼 냄새로, 때로는 희미한 옛사랑의 그림자처럼 이미지로, 때로는 고향집 마당의 우물처럼 공간으로, 그렇게 기억 저편에 오래된 그림자로 남아 있다. 언제든 찾아가 머물 수 있는 곳, 가끔 그곳에 가보면 남루하지만 소박하고 어리숙하지만 때 묻지 않은 순수가 있다.

내 기억의 창고에 자리한 그곳은 내게 생애 최초로 '집'이라는 공간에 대해 꿈꾸게 한 곳이다. 초등학교 3학년 무렵, 서울의 변두리 전세방 쪽문을 열고 좁은 골목을 나서면 큰길이 나왔다. 그 길을 따라 학교로 가는 길 오른편에는 동네에서 하나뿐인 이층집이 있었다. 하얀 철대문 사이로 웅장한 그 집 안을 들여다보면 운동장만큼 펼쳐진 잔디 위에 동화책에서나 보았던 하얀 식탁과 의자가 놓여 있었다. 그것만으로도 나는 가슴이 뛰었는데 하얀 벽돌로 된 이층 테라스에는 금방이라도 왕자님이 공주님의 손을 잡고 나타날 것처럼 느껴졌다. 나는 오전반 하교 길마다 매일 그 집 대문에 매달려 다리가 아플 때까지 서 있다 돌아오곤 했다.

　잠자리 날개처럼 투명한 햇빛과 손바닥에 묻어나던 쇳가루 냄새와 발길을 돌릴 때 따라오던 긴 그림자가 야속했던가. 발끝에 차이는 돌멩이를 걷어차며 집으로 돌아오는 길은 늘 가방이 무거웠다. 그 집을 눈이 빠지게 들여다보고 온 날 밤이면 나는 어김없이 그 집을 배경으로 눈의 나라 여왕이 되고 소공녀가 되고 빨강머리 앤이 되거나 길버트 아저씨를 만나는 꿈을 꾸곤 했다.

　어른이 되어서도 마당이 있는 집이면 그냥 지나치지 못하고 수상한 사람처럼 그 안을 기웃거렸다. 몸은 아파트에 살면서도 마음은 끊임없이 마당 있는 집을 꿈꿨다. 간절히 바라는 것은 이루어지는가 보다. 30년간 남의 집 대문 안을 기웃거렸던 내가 처음 터를 잡은 곳은 경기도 발랑리였다. 스님들이 바랑을 메고 산을 넘어 다닌 동네라는 뜻을 가진 발랑리는 그 이름 때문에 많은 에피소드를 갖고 있었다. 농사짓는 마을이 훤히 내려다보이는 산 중턱에 지은 2층집은 테라스에서 내려다보이는 탁 트인 산야가 온갖 시름을 잊게 했다. 하얀 벽돌집이 아니라 붉은 벽돌집이었지만 잔디 깔린 마당에 주물로 된 하얀 식탁을 놓으니 얼추 꿈에 그리던 집과 비슷해졌다. 생애 처음으로 넓은 마당에서 큰개들과 뛰놀며 텃밭을 가꾸는 촌부의 일상에서 평화를 만끽했다. 그러나 서울을 오가는 시간이 세 시간이나 걸리다보니 십 년을 버티다 결국 서울로 이사를 했다.

서울생활 5년여 끝에 흙냄새가 그리워 두 번째로 집을 지은 곳이 경기도 고양시 고골리이다. 발랑리에 이어 고골리도 이름이 특이하다. 그래도 러시아의 문호 고골과 같은 발음이라 은근히 좋다. 아니 고골리라는 이름이 엄청 마음에 든다. 마치 고골과 함께 사는 듯, 고골의 영혼이 있는 듯 여겨지니 말이다. 고골의 「코」, 「외투」, 「죽은 혼」 같은 글을 읽으며 동네 이름과 같은 이름을 가진 사람에게서 느껴지는 친근감 때문에 더 감동스러웠던 것 같다.

고골은 고곡高谷이라는 뜻으로 높은 산과 깊은 계곡이 있는 마을이다. 소나무와 밤나무가 무성한 산에는 고라니가 뛰어다니고 봄부터 가을까지 소쩍새 울음소리를 들을 수 있다. 이른 아침, 이슬 맺힌 잔디의 촉감을 느끼며 걸을 때, 어느 늦은 밤 홀연히 뜰에 서서 나무들 사이로 자욱이 깔린 안개 내음을 맡을 때, 나의 오감은 환희로 채워진다. 햇살 아래 영글어 가는 채소와 과일을 보는 것은 덤이다.

남편과 머리를 맞대고 설계한 이 집은 하얀 벽돌집이다. 주방에서 보이는 숲과 넓은 마당에 깔린 잔디가 어릴적 보았던 그 집에 대한 동경을 완전히 해소시켜주었다. 이렇게 완벽하게 꿈이 이루어진 것이 놀랍다. 변두리 전세방에서 살던 어린 시절, 그 때부터 꿈꾸었던 청사진이 현실로 이루어졌으니 말이다. 생각해보면 도대체 내가 한 일이라곤 그 꿈을 남편한테 말한 것밖에 없다. 그러니까 내 꿈은 피땀 흘려 이룬 것이 아니라 분에 넘치는 남편을 둔 행운이랄 수 있다.

아무튼 단팥빵을 배터지게 먹는 것을 꿈꾸거나 만지는 것마다 금으로 변하는 '미다스의 손'을 꿈꾸지 않은 것은 얼마나 다행인가. 그러나 이런 집에 살면서 반짝이는 사유와 풍부한 감수성과 방대한 지식과 천재적인 문장력을 지닌 작가가 되는 것을 꿈꾸었더라면 얼마나 좋았을까. 그때 그런 꿈을 같이 꾸었더라면 지금쯤 이루어졌을지도 모를 텐데 말이다. 가만, 그러고 보니 내 욕심만 부린 것 같아 슬쩍 부끄러워진다. 그렇다면 통일된 대한민국, 전쟁과 기아가 없는 지구촌을 위해 지금부터 다시 꿈을 꾸어야겠다. 나이가 너무 많아 이루어지는 것을 못 볼지라도 언젠가 실현될 그날을 기다리며 꿈을 꾸는 동안의 행복을 다시 누려야겠다.

2부

문득, 나는

우리는 어디로 갔다가 어디서 돌아왔느냐 자기의 꼬리를 물고 뱅뱅 돌았을 뿐이다 대낮보다 찬란한 태양도 궤도를 이탈하지 못한다 태양보다 냉철한 뭇별들도 궤도를 이탈하지 못하므로 가는 곳만 가고 아는 것만 알 뿐이다 집도 절도 죽도 밥도 다 떨어져 빈 몸으로 돌아왔을 때 나는 보았다 단 한번 궤도를 이탈함으로써 두 번 다시 궤도에 진입하지 못할지라도 캄캄한 하늘에 획을 긋는 별, 그 똥 짧지만, 그래도 획을 그을 수 있는, 포기한 자 그래서 이탈한 자가 문득 자유롭다는 것을

— 김중식 시, 「이탈한 자가 문득」

어느 해 늦여름 밤, 나는 어느 섬 해변에 누워 있었다. 동굴처럼 검고 둥근 세상에서 밤하늘에 총총히 매달린 별만 살아 있는 것 같은 시간이었다. 눈을 크게 뜨면 멀리 달아났다가 눈을 가늘게 뜨면 얼굴 위로 쏟아질 것 같던 별들…. 그 중 하나가 쑤욱 빗금을 그으며 떨어지

던 광경이 잊히지 않는다. 궤도에서 벗어난 그 별은 어디로 갔을까.

인생은 선택의 연속이지만 때론 내가 선택하지 않은 궤도에 들어서 버린 경우가 있다. 나이가 어리거나 정신적으로 미숙해서, 혹은 주위의 환경에 의해 원치 않은 길을 가야만 할 때, 문득 그런 자신을 발견했을 때, 우리는 어떤 결정을 내려야 하는 걸까.

20대 초반부터 숱한 병치레로 허약했던 나는 내 앞의 삶을 선택하기가 어려웠다. 부모의 바람대로 결혼을 하고 덜컥 두 아이의 엄마가 되고나서야 정신이 차려졌다면 무책임하다기보다 무능하다고 해야 할 것 같다. 그렇게 서른을 눈앞에 둔 나는 삶의 갈림길에 섰다. 그 당시 서른이 된다는 것은 이제 청춘의 강을 건너 내 삶의 영토를 확정하는 의미로 다가왔기에 나는 무수한 불면의 밤을 번민으로 뒤척였다.

도망치고 싶었다. 누군가의 아내인 것도, 자녀를 둔 엄마인 것도 내겐 너무나 버거운 일이었다. 로버트 프로스트의 시 「가지 않은 길」에 나오는 "풀이 더 많고 사람이 다닌 발자취가 적은 외로운 길"을 선택해서 갔다는 시가 계속 귓가에 맴돌았다. 지금 내게 주어진 길이 아닌 다른 길을 가고 싶었다. 혼자이고 싶었고 내가 아닌 모든 관계가 불편했다. 아내의 자격도 엄마의 자격도 없는 것 같은 죄책감은 병적인 책임감을 불러와 몸과 마음이 사시나무처럼 말라갔다. 지금 생각해보면 현실을 전복시킬 용기나 능력도, 현실과 타협하고 화해할 지혜나 현명함도 없이 나는 그저 자유롭고 싶은 무능하고 비겁한 허무주의자였던 것이다.

「이탈한 자가 문득」이라는 시를 읽었을 때 나는 결박당한 프로메테우스처럼 꼼짝할 수가 없었다. 머리 위에서는 천둥번개가 치고 뜨거운 폭우가 쏟아졌다. 심장을 쪼개며 독화살처럼 날아와 박히는 시구詩句들에 사로잡힌 나는 눈을 뜰 수가 없었다. 작은 우주인 인생을 큰 우주인 별에 비유해 이다지도 간단명료하게 선언할 수 있다니….

경이와 환희와 절망으로 밤마다 이 시를 부여안고 울었다. 그리고 "그 똥 짧지만, 그래도 획을 그을 수 있는, 포기한 자 그래서 이탈한 자가 문득 자유롭다는 것을"이라는 밧줄에 목을 걸었다. 한번의 이탈로 다시는 돌아올 수 없다 해도 나를 강제하는 모든 것으로부터 벗어나야 한다는 열망을 품었다. 결연한 의지를 불태우며 그 시의 영토로 망명해 그 대지에서 죽고 싶었다. 그 밤 하늘에서 떨어지던 별처럼 그렇게 어디론가 떨어지고 싶었다. 그러면 내가 원하는 자유가 올 것 같았다.

이 시를 되풀이해서 읽고 나서야 깨달았다. "획을 그을 수 있"어야 포기하든지 이탈하든지 할 자격이 있음을. '획' 없는 포기는 무능과 비겁이며 '획' 없는 이탈은 비루한 일탈에 지나지 않음을. 그리고 그 '획'은 거저 주어지는 것이 아니라 갈등과 풍파와 고역의 삶을 온몸으로 치러낸 값이란 것을 알아차린 것이다. 찬란한 태양도 냉철한 뭇별도 궤도에서 이탈하지 못하므로 가는 곳만 가고 아는 것만 아는데, 찬란하지도 냉철하지도 못한 나는 어디로 가야 하는지, 내가 서야 할 곳은 어디인지…. 별똥별처럼 그을 획도 없는 나는 뼈가 시려왔다.

이후로 오랫동안 내 "꼬리를 물고 뱅뱅" 도는 일상이 이어졌다. 프로메테우스처럼 독수리에게 간을 쪼아 먹히는 세월이 흘러갔다.

"그래도 획을 그을 수 있는"이라는 밧줄에 다시 유약한 나를 묶었다. 부조리와 비애와 갈등의 세상에 내던져졌지만 이 거대한 운명의 수레바퀴 아래 깔려 죽어선 안 된다는 자각으로 눈을 떴다. 그러니까 몰락의 유혹을 떨치고 현실의 대지에 꼿꼿이 설 수 있었던 것은 이 시를 가슴에 새긴 덕분이었다.

오래 전 K시에 잠시 살았던 시절이었다. 짙은 안개의 도시에서 어느 날 아침, 안개에 포위당하고 주저앉았을 때 나는 보았다. 자유란 외부에서 주어지는 것이 아니라 이미 내 안에 존재하고 있음을. 습관과 타성으로 현상에 함몰되어 근원적인 본체를 자각하지 못한 나의 무지가 나를 억압하고 있었을 뿐이라는 것을.

이후로 나는 더 이상 자유도 행복도 갈구하지 않고 궤도를 이탈하기 위한 '획'을 긋기 위해 발버둥치지 않기로 한다. 어느덧 몰락과 억압에서 벗어난 나는 문득, 지금 이 순간에 족하다. 나의 인생을 관통하며 나를 이끌어준 이 한 편의 시와 함께.

고해성사

　중학교 2학년 때였다. 기말고사가 끝난 날 종로서적을 갔다가 무심코 명동성당을 갔다. 성당의 웅장함과 고요한 성스러움에 압도당해 있는 내게 누군가 말을 걸어왔다. 그는 내게 신부님께 자기 죄를 고백하면 용서받는다며 학생부에 등록을 권했다. 6개월간의 교리공부를 마치고 영세를 받아야 했지만, 집과 거리가 너무 멀어서 공부하는 시간이 아까웠던 나는 3개월 만에 포기하고 말았다. 그동안 나는 늘 고민스러웠다. 내 죄가 무엇인지, 고해소에 들어간다면 무슨 말을 해야 할지. 그리고 과연 모든 죄가 눈처럼 깨끗하게 지워지는 것인지 궁금했다.

　이후에 읽은 『켄터베리 이야기』나 『데카메론』 같은 책에 실린 부패한 교단과 수사에 대한 풍자와 비판의 이야기는 내게서 고해성사의 매력을 완전히 빼앗아가버렸다 해도 과언이 아니다. 고해성사의 무의미성을 넘어 당대 신앙과 믿음에 대한 회의를 드러내고 있는가 하면,

수도사의 물욕과 어리석음을 비꼬면서 고해성사가 개인의 의지에 따라 얼마든지 조작될 수 있음을 보여주고 있었으니까. 현대의 성당에서 하는 고해성사는 엄격한 규칙에 따라 신실한 믿음 위에 이뤄지고 있는 것으로 안다. 그러나 자기의 죄를 고백함에 있어 진실성 여부가 의문스럽던 차에 우연히 본 영화 〈폰부스〉는 그런 내 속을 뻥 뚫어 주었다.

2002년 뉴욕 대도시 인구 1,200만 명, 핸드폰과 공중전화를 합해 매일 약 일천만 대의 전화 회선이 교차한다. 그 전파 안에는 개인 정보가 고스란히 담겨 있다. 누군가 계획적으로 접근한다면 누구든 보이지 않는 전파의 거미줄에 걸려들고 만다. 광고홍보업을 하는 남자는 아내의 추적을 피해 매일 같은 시각, 같은 장소의 공중전화부스에서 애인에게 전화를 건다. 그날도 막 전화를 끊고 돌아서는데 공중전화의 벨이 울린다. 그 전화를 받는 순간부터 남자의 모든 것을 알고 있는 전화 속 남자에 의해 목숨 건 사투가 부스 안에서 일어난다. 전화 속 남자는 그에게 모든 죄를 고백하게 시킨다. 폰부스 밖으로 나오면 죽임을 당하는 상황에서 그는 경찰과 몰려든 시민들, 미국 전역의 TV 방송 카메라, 달려온 아내와 애인을 향해 모든 죄를 소리쳐 고백하기에 이른다. 눈물과 땀으로 얼룩진 그가 쏟아내는 고백의 내용에 그의 아내와 시민들의 표정은 당혹스러움에서 감동과 연민으로 바뀌어 간다.

나는 이 영화에서 두 가지가 선명하게 다가왔다. 모든 죄나 잘못은 피해를 준 당사자에게 직접, 모든 이들 앞에서 해야 한다는 것과 마음으로 품은 작은 거짓조차 회개해야 한다는 것이다. 마치 고해소에서 이뤄지는 고해성사를 비웃는 것만 같았다. 오랫동안 교회를 다니며 은밀하고 컴컴한 곳에서 혼자만의 독백 기도로 죄 사함을 받을 거라고 믿었던 것이 부끄러웠다.

　고백이란, 죄나 잘못을 저지른 상대방이 있다면 그에게 용서를 구하는 것이 우선일 거다. 신 앞에 고함으로 영혼의 죄 사함을 받는 것은 개인의 문제이고, 나의 고백을 들어준 상대방이 용서할 때까지 기다리는 것이 인간으로서 지녀야 할 최소한의 성사聖事가 아닐까. 그래서 고해소는 신전보다 사람과 사람 사이에 우선적으로 존재한다는 생각이 든다. 영화 속 주인공이 전 국민 앞에서 아내와 직장 선후배들에게 용서를 구한 것처럼 말이다. 그러나 인간의 양심은 때로 알량한 자존심 뒤에 숨어서 자기합리화로 사실을 곡해하고 진실을 외면하려는 경우가 허다하다. 영화처럼 누군가 총부리를 들이대기 전까지 양심선언과 진정한 고백은 쉬운 일이 아니다. 어두운 고해소나 기도실을 찾는 이유인지도 모른다.

　어렸을 때는 문학책 속에서 읽은 살인이나 도둑질 같은 것만이 죄라고 알고 있었다. 이 영화의 주인공도 살인자나 유괴범처럼 나쁜 놈도 있는데 거짓말 좀 했다고 왜 나한테 그러냐고 따진다. 성경에는 마음으로 품은 죄도 죄라 했거니와, 행동으로 지은 죄보다 말이나 마음으로 짓는 죄가 훨씬 더 많음을 알게 된 것은 어른이 되어서였다. 아니 모든 죄는 마음에서 시작되므로 마음의 죄를 고백하고 마음을 청정하게 하는 것이 고해소의 본래 역할이리라.

사람과 사람 사이의 고해소를 갈 수 없는 상황도 있다. 상대를 찾을 수 없거나 이미 존재하지 않는 경우, 용서받을 시기를 놓쳐버린 경우, 자괴감과 후회로 쓴 잔을 마시던 내게 글쓰기는 또 다른 고해소가 되어주었다. 그곳에서 살아온 날을 더듬어 뒤돌아보고 미처 몰랐던 잘못이나 후회를 글로 표현한다는 것은 내게 일종의 고해성사였다.

그것이 활자화되어 불특정 다수에게 읽히는 것은 만천하에 나를 고백하는 것과 다를 바 없다. 저지른 죄이든 마음속 갈등이든, 그런 괴로움을 고백하는 것이 내 글쓰기의 출발이었다. 경험을 바탕으로 사유와 성찰로 이어지는 글쓰기가 세상과 인간관계를 점검하는 내 삶의 지성소 역할을 한다. 고요한 그곳에서 내 안의 나를 만나고 잘못과 오류들을 점검하며 삶의 자세를 가다듬는다.

죄나 잘못을 고백한다는 것은 내 안의 병균을 햇빛에 말리는 것과 같다. 그리고 다시는 그것을 반복하지 않겠다는 다짐이기도 하다. "하늘을 우러러 한 점 부끄럼 없길" 바란 시인의 심성을 회복하는 일이다. 내 삶의 오류를 줄이는 일이다.

떠나온 곳에 남겨진 것들

"나는 떠나온 곳에 무엇을 남겼는가." 이 문장을 읽다 책을 덮고 일어선다. 가끔씩 놀러오는 사슴이 마당 끝에 앉아 집을 나서는 나를 눈으로 배웅한다. 뉴저지 리지필드 주택가를 벗어나 오버팩 공원에 들어서 강줄기를 따라 걷는다. 왼편으로 펼쳐진 드넓은 공원이 평온하게 휴식을 취하는 해질녘, 3월의 강가는 여전히 메마르다. 새들은 모두 날개를 접었는지, 그리움의 속살 같은 바람만이 나를 맞는다. 붉은 치맛자락을 길게 풀어헤친 노을을 벗 삼아 걷는 느린 발걸음을 따라 시간이 느리게 따라오고 있다.

『모스크바발 페트슈키행 열차』(베네딕트 에로페예프, 1938~1990)는 출구가 보이지 않는 소비에트의 현실을 풍자적으로 고발한 책이다. 술주정뱅이 주인공 베니치카는 모스크바를 버리고 새로운 이상 세계인 페트슈키로 가는 열차를 탔다. 그곳에서 그는 자기가 썩은 각반 한 켤레와 작업 바지, 집게와 무딘 줄 칼, 선불금과 잡비를 남겨 두고 왔음을 떠올린다. 지구 반대편에서 강줄기를 따라 걷고 있는 나는 떠나온 곳에 무엇을 남겼을까. 책 속 한 줄 문장에서 흡! 숨이 막혀왔다.

사랑한다는 말 뒤에 숨은 기만과 위선, 이해한다는 말 뒤에 숨은 오해와 무시, 친절한 미소 뒤에 숨은 배타와 차별, 이런 아름다움의 가면을 쓴 것들을 남겨두고 나도 이상향을 찾아 떠나온 것일까. 목숨이 붙어 있는 한 어디서도 벗어날 수 없는 이중성과 모순을 품은 부조리한 삶, 떠나온다고 사라지거나 피한다고 없어지는 것이 아니라는 것쯤은 나도 알고 있다. 아무런 상처도 받지 않는다는 것은 고립을 의미하며, 때로 상처란 사람을 자유롭게도 한다는 것을 잠시 누리고 싶었을 뿐이다. 아니, 상처란 내가 허락하는 것이므로 그것을 핑계로 이렇게 강줄기를 따라 매일 걷고 싶었던 것인지도 모른다.

푸른 지느러미 같은 구름이 붉은 노을에 섞여들고 공원 벤치에 앉았던 사람들은 하나둘씩 일어서서 집으로 돌아간다. 노을을 배경삼아 빈 몸으로 서 있는 나무들의 자태가 일체의 가식과 포장을 거부한 수도승인 양 숭고하다. 태양을 밀어내며 먹물이 한 방울 두 방울 떨어진다. 그 농도를 따라 존재하는 모든 것들의 온도와 그들의 숨결이 물들어간다. 열기를 내리고 자세를 낮추며 비어간다. 평화롭고 경건하다. 나도 그들처럼 하늘 아래 엎드리고 싶다. 강 쪽으로 내려가 흐르는 강물을 들여다본다.

모든 것을 품고 출렁이며 함께 흘러가고 있다. '나'와 '너'가 없는 일체의 세계다. 인간에 대한 예의를 버린 무례와 신의를 저버린 배신은

'나'와 '너'가 존재하는 세상에만 있다. 그곳에서는 '너'에게로 가는 길이 막혀 있었다. 거대한 광야가 있는 것도 아니고 높은 산이 가로막은 것도 아니건만, 나는 '너'에게 닿을 수 없어 늘 고통스러웠다. 이제 검푸른 하늘마저 품고 흐르는 강물에서 '너'도 없고 '나'도 없음을 본다. 휙~ 차가워진 바람이 전하는 말은 '판단금지'다. '너'를 향한 구별과 나눔과 판단을 접을 때 길이 열리는 것을 본다. 갑자기 세포 속에 숨어 있던 설움이 목울대를 넘어온다. 무엇을 향한 것인지, 누구를 위한 것인지 모를 그리움이 내 등을 두드리며 말한다. "너무 사랑하면 아픈 거야. 그대로 흘러가게 내버려둬."

이상세계를 향해 떠난 베니치카는 목적지인 페트슈키에 도착하지 못하고 원점인 모스크바, 크렘린으로 다시 돌아와 목숨을 잃는다. 그의 희망은 얼마나 가당찮은 욕망이었던가. 이 세계를 벗어나 다다르고자 하는 또 다른 세계는 닿을 수 없는 세계이며, 유토피아처럼 존재하지 않는 세계이다. 그러니 그가 떠나온 곳으로 다시 돌아간 것은 부정할 수 없는 현실이다. 주어진 삶을 긍정하고 성실하게 투쟁하는 것만이 부조리한 삶을 사는 방법이다. 거기에 행복한 시시포스가 있다는 카뮈의 말을 생각한다. 시시포스가 굴러 떨어진 돌을 다시 올리기 위해 산을 내려가는 심정은 어떠했을까. 카뮈는 그때 시시포스가 자신의 운명보다 우월하고 바위보다 강하다고 했다.

강줄기를 따라 걷고 있는 나는, 떠나온 곳에 남겨진 돌을 찾아 다시 산을 내려가는 시시포스인지도 모른다. 공원의 끝, "돌아가시오"라는 팻말 앞에서 발길을 돌린다. 아물지 않은 상처를 강물에 실려 보내고 다시 느리게 걷는다. 먹물이 짙어진 하늘가로 노을은 마지막 꼬리를 거두고 있다. 사람들이 떠난 공원에 가득 내려앉은 텅 빈 충만이 가슴에 밀려온다.

폭설暴雪

　대설주의보란다. 아침부터 희끗희끗 날리던 눈발이 오후가 되자 본격적으로 쏟아지기 시작한다. 흰 설탕가루 같은가 싶더니 곧 쌀가루를 쏟아붓는 것 같다. 폭설이다. 식탁에서 내다보이는 마당의 끝은 숲이다. 겨울나무 가지 위로 수북이 눈이 쌓인다. 새들은 날개를 접고 들짐승은 깊은 곳으로 숨는다. 절대 적막의 공간으로 흐르는 눈발을 따라 마음이 흐르고, 시간이 흐르고, 빛이 흐른다. 희붐하던 하늘이 짙어지면서 숲으로부터 어둠이 몰려온다. 어둠을 배경으로 눈발은 더 거세어진다. 은하수가 마당으로 다 쏟아져 내리는 것 같다. 궁극의 언어를 찾지 못하는 나는 숨이 멎을 것만 같다.

　황홀이다. 그대와 내가 마주쳐 쏟아냈던 무수한 기쁨도 이처럼 황홀이었다. 축복처럼 퍼붓는 눈부신 몸짓에 눈이 멀어버린 사랑이라는 것도 그렇게 시작되었다. 사랑이면 세상의 비리와 부패, 삶의 비루함과 슬픔조차 깨끗이 덮어버릴 수 있다고 믿었다. 세상은 은세계로 빛나고 그대의 손짓 하나로 내 삶이 수정되던 폭설 같은 사랑이 있었다.

오래 전 그날도 폭설이 내렸다. 손 한번 잡아보지 못하고도 서로의 영혼까지 사랑한다고 믿었던, 늘 젖은 마음으로 서로의 창을 닦아주었던, 그 사랑 하나면 두려울 것이 없었던 우리는 폭설이 그친 밤길을 걷고 있었다. 하얀 눈으로 덮인 세상은 눈 시리게 빛나고 검푸른 하늘에 매달린 보름달이 교교한 빛을 내뿜는 거리에서, 두 개의 극명한 아름다움이 부딪혀 쏟아지던 무음, 무색, 무취의 황홀을 보았다.

충만이다. 아침에 일어나보니 눈이 그쳤다. 고요하고 적막한 숲 속에서 산까치가 아침밥을 찾으러 다닌다. 하얀 이불을 덮고 누운 세상이 평화롭다. 축복으로 세례를 받고 난 후의 충만이다. 유일하고 완전한 것을 품었다고 생각했을 때, 모든 의심과 갈등을 덮어버린 신神의 사랑으로 가득 찼던 그때도 이렇듯 충만으로 행복했다.

열일곱 살, 현실에서 채울 수 없던 결핍이 그리도 많았던 것일까.

3일 단식기도를 했다. 온몸이 불덩이가 되어 육체의 무게를 느낄 수 없는 무중력을 체험하고 기쁨으로 날아오르는 것을 경험했다. 밤마다 영靈적인 꿈을 꾸고 환상을 보았다. 현실이 꿈인 듯했고 꿈이 현실인 듯했다. 장자莊子의 꿈이다. 내 안의 성령으로 충만했던 날들, 신의 사랑으로 평화롭고 꿈 같은 날들이 있었다.

증발이다. 영원한 것은 없다. 햇살이 퍼지면서 눈이 사라진다. 솔잎과 나뭇가지들의 숨통이 트이는 것 같다. 산비둘기와 딱새가 하루를 시작한다. 가난하고 게으른 나의 아침이 기지개를 켠다. 따끈한 햇살이 닿는 처마 끝에서 눈물이 뚝뚝 떨어진다. 운다는 것은 살아 있다는 것이다. 변하는 것은 슬프지만 그것을 받아들여야만 불변의 궤도에 정착할 수 있다. 방하착放下着이다. 집착을 버려야 한다. 사랑도 흐르고, 인생도 흐르고, 눈물도 흐른다.

위대한 진리는 흐르고 변하는 것들로 채워져 있다. 춘하추동, 생로병사, 물, 불, 흙, 공기. 그러니 황홀하다고 흥분할 것도, 충만하다고 거만할 것도, 변한다고 실망할 것도 없다. 일단 부딪히고 볼 일이다. 아낌없이 쏟아지고 볼 일이다. 죽을힘을 다해 꽃피우고 볼 일이다. 너와 나, 어디서 무엇이 되어 다시 만나든.

Mee Too 열풍을 보며

미국에서 시작된 미투Mee Too 열풍이 우리나라를 강타하고 있다. 정치가, 연예인, 예술인 등 각계에서 존경받고 인정받던 남자들이 성추문으로 하루아침에 몰락하는 초유의 사태가 벌어지고 있다. 여자를 성적 대상으로 여겨 맘껏 희롱하고 욕망을 채우던 남자들의 시대가 막을 내리고 뒤늦게나마 여자의 인권이 존중되는 시대가 오는 것 같아 다행이다.

그러나 얼마 전 저녁 9시 뉴스에 안희정 충북지사의 정무비서가 나와 미투를 폭로할 땐 심경이 착잡했다. 상대가 차기 대통령 후보이니 큰 사건임에 분명하지만 왜 전국민이 그들의 개인적이고 은밀한 사랑 얘기를 들어야 하는지 의아했다. 그들이 주고받은 문자와 성관계를 했다는 장소까지 까발리고 있는 출연자를 보며 내 눈과 귀를 의심했다. 성폭행을 당한 것이 억울하고 분한 그녀의 심정은 이해하지만 온 국민이 시청하는 시간대에 TV에 나올 수 있는 용기로 저런 방법밖에 취할 수 없었을까 하는 생각이 들었다. 안희정 지사에 대한 실망감은 물론 그녀에 대한 의문으로 깊은 밤까지 잠이 오지 않았다.

눈을 감고 나는 그녀의 발언을 떠올렸다.

"8개월 동안 그의 요구에 따라 4차례 성관계를 가졌다. 무조건 복종해야 하는 수행비서이기도 했지만 그의 권력 앞에 나는 거절할 용기가 없었다. 여성인권에 대한 강연이 있던 날, 오늘은 아니겠지 했는데 그날도 성폭행을 당했다. 그는 '괘념치 마라. 미안하다. 모두 잊어라. 아름다운 러시아와 스위스의 밤만 기억해라. 미안하다'라고 했지만 안 되겠다. 내 힘으로는 그를 막을 수가 없으니 국민들이 나를 지켜달라."

자기의 몸과 인생을 국민에게 지켜달라는 것이 진정 그녀의 바람이었을까? 아닌 것 같다. 그녀는 사랑과 약속이 필요했는지도 모른다. 만약 안희정 지사가 그녀에게 나는 오직 너만을 사랑한다. 너로 인해 행복했다. 아름다운 러시아와 스위스의 밤을 나는 영원히 잊지 못할 것이다. 사랑한다라고 문자를 보냈더라면, 그리고 언젠가 너와 함께할 날이 올 거다라고 말해주었더라면 어땠을까. 그래도 그녀가 방송에 나와서 저리 말했을까.

남녀가 처음부터 합의서에 도장 찍고 스킨십을 시작할 수는 없는 노릇이다. 남자는 섹스를 하기 위해 사랑하고, 여자는 사랑받기 위해 섹스를 한다는 말처럼, 목에 칼을 들이대지 않고서야 각자 무언가 목적이나 뜻한 바가 있을 거라는 생각이 든다. 합의를 했는지와 강제인지를 따지는 것은 어쩌면 닭이 먼저냐, 달걀이 먼저냐를 따지는 것과 같을 수도 있다. 몸을 주었는데 미래도 마음도 약속받지 못한 열패감, 혹은 상대방의 딴짓으로 인한 배신감 같은 것이 그녀의 이성을 잠시 마비시켰는지도 모를 일이다.

밤새 뒤척거리며 내린 결론은 안희정 지사의 부덕과 경솔함이었다. 대통령 후보로까지 거론된 인물이 수신제가를 못한다면 어찌 평천하를 할 수 있겠는가. 그러나 그녀 또한 그런 방식으로는 누구도 그녀를 지켜줄 수 없다는 것을 알았으면 하는 바람이다.

내게도 몇몇 남자들의 손길이 본의 아니게 혹은 알지도 못하는 사이에 스쳐갔다.

중학교 때 서글서글한 남자선생님이 자꾸만 등을 쓸어주었던 일, 고등학교 때 미술선생님이 미술실에서 계속 귓불을 만지고 뒤에서 안아주었던 기억들이 떠오른다. 직장 다닐 때 회식자리는 한껏 긴장이 풀린 자리였다. 여자 남자 할 것 없이 서로 술을 따르고, 조금 친하면 러브샷을 강요하고, 노래방에선 함께 춤추고, 블루스가 나오면 기분 내키는 사람들끼리 적당히 끌어안는 게 자연스러웠다. 남자들만이 아니라 여자들도 그런 분위기를 즐겼다는 게 정답일 거다. 요즘 시각으론 완전 성희롱, 성추행감이다. 그런 시간들이 쌓여 그 안에서 커플이 탄생하고 동료와 상사 사이에 좀 더 친밀감이 형성되었던 것 같다.

결혼 후엔 술 좋아하는 남편 때문에 성추행을 당했다. 초저녁부터 시작한 술자리에서 남편은 술 취해 잠들고, 새벽까지 집에 가지 않는 사람은 내가 접대하곤 했는데 그 중 술 취한 '놈'에게 키스를 당한 것이다. 불쾌감은 하늘을 찔렀지만 그런 자리에 있었던 내가 더 잘못이라는 생각이 들었다. 술 취한 개한테 당한 것이라 여기고 다음날 모른 척 넘어갔다. 그 일로 싸운다고 없던 일이 될 것도 아니고 다시 안 볼 사람도 아니었기 때문이다. 대신 그런 일이 있고부터는 남편이 일어설 때 맞추어 남은 사람을 모두 쫓아버렸다. 소 잃고 외양간을 고치는 것이 안 고치는 것보다 낫고, 똑같은 일을 두 번 당하는 것은 본인의 책임일 수도 있으니까.

일본의 풍습으로는 남자들이 자기 딸을 유혹하는 것을 기쁘게 여기고 유혹을 안 하면 오히려 화를 낸다고 한다. 자고로 살아 있다는 것은 남녀가 서로 화합하고 매력을 발산하는 것이다. 며칠 전 뉴스에선 유부녀에게 아가씨처럼 예쁘다고 한 말로 성희롱에 걸린 남자가 보도되었다. 권력이나 무기로 강제한 성추행이나 성폭력은 마땅히 처벌받고 뿌리뽑아야 하겠지만, 농담이나 립서비스까지 성희롱으로 처벌한다면 남녀 간의 정이 싹틀 자리가 어디 있겠는가. 또한 권력을 행사한 성폭행도 아닌 기상천외한 술자리 기행으로 한순간에 명예와 업적이 추락한 작가들도 안타깝다. 분명 비난받을 일이지만 나라를 팔아먹은 것도 아닌데 그들의 업적과 작품까지 덮어버리는 것은 한 개인에게 너무 잔인한 일인 것 같다. 성추행 피해자와 가해자에 대한 객관적인 자기 생각을 언급한 교수가 학생들에게 항의를 받고 쫓겨난 일도 걱정스럽기는 마찬가지다. 한편, 성추행 피해자가 2차피해로 더 고통을 받는다는 것도 사회적, 법적 보호와 함께 해결이 절실한 부분이다.

미투 열풍으로 술자리 문화와 여성에 대한 부당함 등이 개선되고 바람직한 방향으로 진행될 거라 믿는다. 그리고 우리 사회는 분명 '미투' 이전과 이후로 나뉠 것이다. 그러나 앞으로 연애에 성공해 가정을 꾸려야 할 많은 청춘남녀들이 걱정되는 것은 비록 나만의 기우일까?

검정봉지로 남은 여자

시골티가 흐르는 주변과 달리 9개의 지하철 입구가 거대한 공룡의 아가리처럼 입을 벌리고 있는 S역. 그 중 8번 출구 앞에서 출발하는 마을버스를 나는 가끔 탄다. 하루 중 오후 4시에서 6시 사이, 한 줄로 된 의자는 늘 자리가 없어 서성거리며 버스를 기다린다. 그날도 5미터 정도 남짓 왔다갔다 하는데 어떤 여자가 혼자 중얼거리며 나처럼 왔다갔다 한다. 처음엔 나한테 하는 말인 줄 알고 놀랐다가 다음엔 이어폰을 켜고 누구와 통화를 하는 줄로 알았다. 그녀를 두 번째 만났을 때에야 혼자 하는 말인 것을 알았다. 정류장에서 그녀를 바라보는 사람들의 반응은 두 부류다. 오랜 시간 그녀를 지켜본 듯한 사람들은 본체만체하고 처음 보는 사람들은 그녀에게서 눈을 떼지 못한다. 어느 날부터인가 나는 혼자 떠드는 그녀 옆을 따라걸으며 그녀의 말을 엿듣기 시작했다.

"기가 막혀 죽겠어 내가 교복값 달라고 갔더니 그 여자가 오만 원을 주는 거야 그래서 확 던져버렸어 우리 아버지가 나를 어떻게 키웠는데 오만 원이 큰돈이잖아 우리 엄마 불쌍해서 갖고 왔지 차가 박살이 났어 크크크크 웃겨 죽겠어 차가 완전히 찐빵이야 찐빵 우리 엄마한테 주려구 찐빵 샀어."

두서없는 말끝에 재밌어 죽겠다는 듯 검은 봉지를 흔들며 만면에 웃음을 흘리고 있는 여자의 모습을 스캔한다. 30대 초반으로 보이는 그녀는 꽁지머리에 누리끼리한 얼굴이지만 총기가 있어 보인다. 회색 꽃무늬 블라우스에 파란 고무줄 바지 밑으로 옥색 샌들을 신었다. 버스를 기다리는 십여 분 동안 잠시도 쉬지 않고 쏟아내는 말 폭포를 다 알아들을 수도, 다 기억할 수도 없었지만 마음 깊은 곳에서부터 짠한 슬픔이 올라왔다.

얼마 후 정류장에서 또 그녀를 만났다. 건물들은 하루가 다르게 새 옷으로 단장하고 높은 건물들이 들어서는데 그녀는 과거 속 어느 지점에 그대로 정지해 있는 듯했다. 그날도 최대한 가까이 그녀의 발걸음을 따라가며 얘기를 들었다.

"행복한 미장원은 해피 헤어숍 할매순대국은 음~그랜드마더 순대국 크크 오징어나라는 커틀피시랜드 우리동네슈퍼는 마이타운슈퍼… 내가 공부도 잘하고 영어도 잘하고 이쁘고 크크…."

검정봉지를 들고 걸어가면서 간판들을 모두 영어로 번역한다. 심지어 영어로 누군가와 얘기하듯 중얼거리다 어깨를 과하게 들썩이며 웃는다. 가엾은 마음에 무슨 말이든 하고 싶었지만 용기를 내지 못하고 버스에 오른 날, 서쪽 창으로 찐빵 속 단팥을 짓이겨놓은 듯한 검붉은 노을이 말없음표로 따라왔다. 그리고 한참 후 그곳에서 그녀를 다시 만났을 때 나는 왜 그녀가 거기에서 왔다갔다 하는지를 듣게 되었다.

"우리 엄마가 여기에서 기다리라고 했어 그러니까 내가 만날 여기서 기다리지 이유~ 그 여자를 내가 가만둘 것 같애? 내가 꽉 부서버리지 꽉 꽉 찐빵처럼 꽉 근데 우리 아버지는 좋아 내가 얼마나 사랑하는데 그래서 찐빵 샀어 불쌍한 우리 엄마 먹으라고 찐빵은 진짜로 맛있어."

한 쪽 손으로 꽉 꽉 소리에 맞춰 누군가를 쥐어박듯 주먹을 내리칠 때마다 반대편 손에 들린 검은 봉지가 요동을 친다. 그날도 고장난 수도꼭지처럼 말을 쏟아내고 있는 여자를 꽉 끌어안아주고 싶은 충동을 가까스로 참고 돌아섰다.

여름에서 가을로 가는 동안 그녀를 몇 번 더 만났지만 뜨겁던 연민은 계절을 따라 차차 수그러들었고, 바람이 차가워지면서 나는 그 버스 정류장에 갈 일이 없어졌다. 어느 날 문득 그녀가 걱정도 되고 궁금해지면서 그녀의 얘기를 생각해보았다.

엄마와 아버지가 이혼하고 학생 때 교복값을 받으러 아버지에게 갔는데 같이 사는 여자가 오만 원 준 것을 기억하는 것 같다. 그리고 생활고에 시달리는 엄마 밑에서 공부 잘하는 아이로 자랐고 찐빵 사먹을 돈이 없었고 교통사고가 있었던 것 같다. 그런데 어쩌다 그리 정신을 놓아버린 것일까. 엄마와 정류장에서 만나기로 한 것은 언제 때의 기억일까.

장예모 감독의 위대한 귀환이라고 하는 영화 〈5일의 마중〉은 매월

5일에 기차역에서 돌아오지 않는 남편을 기다리는 정신병 아내의 이야기를 그렸다. 문화대혁명 시기에 반혁명분자로 투옥된 남편이 탈출하여 아내에게 기차역에서 '5일'에 만나자는 편지를 전한다. 경찰의 감시로 만남이 무산되고 남편은 살아남아 아내 곁으로 돌아오지만 아내는 '5일'이라는 것에 모든 것이 정지되어 있다. 막상 눈앞의 남편을 알아보지 못하고 아내는 매월 '5일'마다 피켓을 들고 기차역에서 남편을 기다린다.

옥색 샌들을 신은 그녀는 찐빵을 담은 검은 비닐봉지를 들고 S역 8번 출구 앞 마을버스 정류장에서 엄마를 기다리고 있다. 오직 한 사람을 위한, 오직 하나의 목표만을 남겨두고 모든 것을 잃어버린 자의 텅 빈 눈빛과 말간 얼굴로. 평생 쌓아두었던 말들과 못 다한 말들과 할 수 없었던 말들을, 두려움도 부끄러움도 체면도 모두 끊어진 자리에서 온 세상을 향해 쏟아내고 있다. 얼마나 고통스럽고 얼마나 절박하면 어느 한 시점에 사람은 저렇게 멈추어 서게 되는 것일까. 어쩌면 많은 사람들이 소중한 것을 잃어버린 것과 잊을 수 없는 것에 대한 고통으로 눈빛이 비어가는지도 모르겠다.

누구나 아무렇지도 않게 스쳐 지나가는 길모퉁이, 지하철 입구, 버스 정류장, 기차역, 그런 곳에서 마주치는 삶을 잃어버린 맨 얼굴들이 나를 슬프게 한다. 그녀도 엄마가 이미 와 있는데 못 알아보고 정류장에서 기다리는 것은 아닐까. 옥색 샌들을 신은 그녀의 발이 차갑기 전에, 검정 봉지 속 찐빵이 식기 전에, 지금쯤은 그녀가 엄마를 만났으면 좋겠다.

간절하게

어느 날 우연히 TV를 틀었더니 인상 깊게 읽었던 『사랑의 종말』(그레엄 그린)이 영화로 방영되고 있었다. 아쉽게도 영화는 클라이맥스로 치닫고 있었지만 다행히 사라의 기도 장면을 볼 수 있었다.

제2차 세계대전 전후의 영국이 배경인 『사랑의 종말』은 평범하고 아름다운 아내인 사라와 작가인 벤드릭스와의 금지된 사랑이 어떻게 종말을 맞이하는지 보여주는 작품이다.

사라의 남편인 헨리는 관청의 고급 관리로 근면 성실한 소심남이다. 아내를 사랑하지만 재미없고 지루한 그는 아내의 부정조차 눈치채지 못할 정도로 선량하고 무능하다. 사랑의 희열을 맛보지 못한 채 가정 속에 묻혀 있던 사라가 소설 자료수집을 위해 찾아온 벤드릭스와 사랑에 빠진다. 영화는 벤드릭스의 하숙방에서 그들이 사랑을 나누고 있는 장면이다. 이때 런던을 폭격 중이던 독일군 로켓탄이 동네에 떨어진다. 밖으로 나가던 벤드릭스는 그 여파로 문짝에 깔려 기절한다. 사라는 그가 죽은 것으로 착각하고 미친 듯이 침대로 달려가 '간절하게' 기도를 한다.

"저는 주님을 믿겠습니다. 그이를 살려 주십시오. 그러면 믿겠습니다. (중략) 당신이 그를 살려주면 저는 무엇이든 하겠습니다. 그이를 단념할 것이오니 다만 살려주셔서 기회만 갖게 해주소서."

사랑하는 남자의 목숨을 살려주면 주님도 믿고, 불륜인 사랑을 끝내고 그를 떠나겠다고 조건을 건 것이다. 다시 그에게 갔을 때 부스스 깨어난 벤드릭스를 보던 그녀의 눈빛은 기쁨과 놀람과 허망함으로 뒤범벅이었다. 책으로 읽었을 때도 그녀의 간절한 기도와 사랑하는 사람이 살아난 후의 마음파동이 극적으로 느껴졌다. 이제 그와는 이별해야 하고, 하나님을 받아들여야 했다. 그녀는 약속을 지켰고 금지된 사랑은 그렇게 종말을 맞이했다.

사랑에 함몰된 인간이 막다른 위기에 몰려서 간절한 마음으로 신을 찾는다는 작가의 주제의식이 너무나 극명했다. 그런데 사라는 왜 신앙을 선택하는 것으로도 모자라 그를 단념하겠다고 했을까. 거래란 내게 가장 소중한 것을 포기하는 것이 가장 효과적이기 때문일까. 그레엄 그린은 인간이 간절하게 주님께 기도하면 신이 그 소원을 이루어주니 신을 믿으라는 것과, 진정한 사랑이란 그 사랑마저 포기할 만큼 나의 모든 것을 거는 것임을 말하는 것 같았다.

오래 전 나도 모든 것을 하나님께 기도했다. 핸드폰이 없던 시절, 사랑하는 사람과 만나기로 한 장소에서 무작정 기다리며 만날 수 있기를 간절히 기도했고, 뱃속의 아기가 기형아가 아니길 간절히 기도했으며, 아파트 추첨에서 좋은 층에 되기를 간절히 기도했다. 엄마가 병상에서 사경을 헤맬 땐 살려만 주시면 하나님께 더 충성 봉사하겠다고 조건을 걸었고, 자식이 대학에 합격하기만 하면 헌금을 많이 내겠다고 약속을 했다. 대부분이 나를 위한 기도였으며 욕심이었고 욕망이었다. 이루어지면 신이 나의 기도를 들어주었다 여겼고 이루어지지 않은 것은 신의 뜻이라며 포기했다. 세월이 오래 흐르고 나서야 기도란 어떤 초월적 존재가 내 기도를 들어주는 것이 아니라 내 안의 영적 존재를 향한 에너지의 발현이라는 생각이 들었다. 간절한 기원이 강력한 에너지로 작용하여 시공간을 초월한 어떤 반응을 일으키는 것이라고.

2008년 최고의 베스트셀러 중 하나였던 『시크릿』은 모든 것의 본질을 에너지로 얘기한다. 모든 생각에는 끌어당기는 힘과 주파수가 있어서 그 생각이 우주로 전송되고 이는 자석처럼 같은 주파수에 있는 것들을 끌어당긴다는 것이다. 그래서 인생의 커다란 비밀은 바로 끌어당김의 법칙이라는 것. 그 중 사랑은 우리가 전송할 수 있는 가장 높은 주파수의 파장이라고 하니 사랑이라는 이름으로 구하는 기도가 가장 강력할 수밖에 없을 것이다.

하나님을 받아들이고 사랑하는 사람과 헤어지겠다는 사라의 기도는 자기의 온 삶을 내놓은 간절함이다. 새벽마다 정안수를 떠놓고 기도드리던 우리네 어머니들의 마음이다. 자기의 유익은 먼지만큼도 없이 오직 상대를 위한 애끓는 기원, 그 에너지의 힘이 비밀이고 그 비밀의 열쇠는 바로 '간절함'이라고 할 수 있다.

　절대자에게든 에너지의 파장이든, 누군가를 위해 혹은 무엇을 위해 간절하게 기원한다는 것은 팽팽하게 살아 있다는 표시이다. 사라처럼 사랑하는 사람을 위해 간절하게 기도했던 날들, 가족을 위해 성전에 엎드려 눈물로 기도했던 날들, '나'를 찾아 화두를 들고 밤을 새운 날들이 주마등처럼 지나간다. 그러나 이제 그런 시간이 모두 흘러간 듯, 아니면 세월 속에 풍화된 듯, 간절함을 떠올리는 가슴 끝으로 헛헛한 바람 한 줄기가 일어선다.

　인생의 절반을 훌쩍 넘기고 보니 간절하게 바라는 것이 별로 없어졌다. 여전히 가족과 지인들의 안녕과 행운을 위해 기도하지만 간절함이 빠진 조용한 묵상의 시간이다. 느긋하고 헐거워진 만큼 익숙하고 편안해졌다. 내가 할 수 있는 만큼 하고, 주어지는 만큼 받고, 나눌 수 있는 만큼 나누고, 평가나 결과에 연연하지 않는 삶이길 바란다. 얼마 전 크레타 섬에서 보았던 카잔차키스의 묘와 묘비명이 떠오른다. "나는 바라는 것이 없다. 나는 두려운 것이 없다. 나는 자유다"라는 그의 경지를 헤아려본다.

사랑, 거짓말이

사랑 거짓말 사랑 거짓말 사랑 거짓말이로다

임 날 거짓말이 사랑 사랑 거짓말이

꿈에 뵌단 말이 그 더욱 거짓말

날 같이 잠 아니 오면 어느 꿈에 뵈리

아~ 아~ 아~ 아~

사랑 거짓말 사랑 거짓말 사랑 거짓말이로다

아~ ~~ 사랑 거짓말

— 김상용의 시조, 영화 〈해어화〉의 주제곡

"사랑은 거짓말이래."

마음이 돌아선 남자 앞에서 눈물을 흘리며 절규하는 여인의 모습은 폐허에 버려진 고아만큼이나 처참하다. 기적을 울리며 떠나버린 기차는 다시 돌아오지 않는 법. 그 기차를 따라가다가는 끓는 주전자 뚜껑처럼 언젠가 나동그라질 터이다. 그렇다고 떠나간 기차가 괘씸해 부숴버리려면 무슨 술수든 음모를 꾸며야 한다. 떠나간 것은 떠나간 대로 두는 것이 맞는 이치이건만, 떠나간 기차가 약속을 어기고 내 소중한 것을 빼앗아갔다면 그 이치는 달라진다. 기만이고 배신이다. 불같이 치솟는 분노와 가슴속 상처가 만나 불꽃을 일으키면 복수가 된다.

영화 〈해어화〉는 두 명의 여자와 한 명의 남자 사이에서 일어나는 사랑의 배신과 복수 이야기이다. 일제 강점기 말, 기생학교인 대성권번의 최고의 기녀 소율과 연희는 어려서부터 가수의 꿈을 지닌 절친이다. 작곡가 윤우는 소율에게 사랑과 결혼을 약속했지만 '조선의 마음'을 대표할 만한 음색을 가진 연희와 레코드 작업을 하면서 두 사람은 사랑에 빠지게 된다.

주인공 소율은 사랑하는 남자를 믿고 친구와의 우정을 지키려고 했지만 두 사람의 배신을 지켜보며 복수의 화신으로 변한다. 일본인 권력가의 힘을 이용해 친구와 남자를 구렁텅이에 빠트리고 끝내는 그들을 죽음으로 몰고 간다.

사랑하는 남자를 잃은 배신감과 친구의 재능을 도저히 따라갈 수 없는 질투심으로 몸부림치는 소율의 모습은, 권력과 부귀영화를 가졌음에도 측은하고 짠하다. 영화는 인간의 내면에 내재한 질투와 욕망이 삶을 어떻게 파괴할 수 있는지, 변질된 사랑의 약속이 얼마나 위험한 것인지를 보여주고 있다. 남자가 죽기 전 마지막으로 남겨준 곡 〈사랑, 거짓말이〉를 부르는 버림받은 여인의 목소리엔 공허와 슬픔과 비애가 별처럼 박혀 있다.

최악의 배신과 복수극으로 불리는 에우리피데스(BC 484~BC 406년 추정)의 비극 〈메데이아〉도 사랑과 거짓말에서 시작된다. 콜키스 왕국의 공주 메데이아는 황금 양피를 찾으러 온 영웅 이아손에게 한눈에 반한다. 메데이아는 이아손에게 황금 양피를 찾게 해주면 결혼하겠다는 약속을 받고 온갖 마법을 동원해 그를 돕는다. 아버지 아이에테스 왕을 배신하고 동생까지 죽이면서 이아손을 위해 황금 양피와 사랑을 바쳤지만, 남편이 된 이아손은 권력을 얻기 위해 코린토스의 공주 글라우케와 결혼하려고 한다. 메데이아는 그런 남편에게 복수하기 위해 글라우케와 크레온 왕을 죽이고 자신의 두 아들까지 죽인다. 남편에게 가장 소중한 존재를 죽임으로써 남편을 괴로움에 빠트리는 복수를 한 것이다. 그녀가 세계 문학사에서 가장 악독한 여인으로 평가받는 이유이다.

사랑하는 남자의 약속 한마디를 믿고 모든 것을 버린 여자 메데이아. 오직 한 사람만을 위해 모든 것을 주었던 여자에게 그 한 사람이 없다는 것은 모든 것이 없다는 것과 같다. 이렇게 모든 것을 다 거는 사랑은 위험하다. 전부를 주었으니 전부를 요구하는 사랑, 결국 자신도 파멸하고 마는 처절한 핏빛 복수극은 변질된 사랑의 약속, 거짓말이 원인이었던 것이다.

가장 성스러우면서 가장 세속적인, 가장 위대하면서 가장 비루한, 가장 고귀하면서 가장 비천한 사랑. 때론 온 세상이 나를 위해 존재하는 것 같기도 하지만 때론 가슴을 쥐어짜며 몸부림치게 만드는 그 사랑에 울고 웃으며 살아간다. 사랑에서 거짓말은 양면성을 지닌다. 사랑을 더 깊고 단단하게 해주는 하얀 거짓말이 있는가 하면 사랑이 변질되어 약속을 지키지 못하고 새빨간 거짓말이 된 경우도 있다. 그러나 한때는 모두 진실한 사랑이었다. 움직일 줄 모르고 믿었던 것도 사랑이고, 내가 아닌 너를 나처럼 믿은 어리석음도 사랑이며, 떠나간 사람도 떠나간 사랑도 사랑이다. 한때 진실이었던 사랑을 사랑으로 남게 하는 것은 바뀐 현실을 인정하는 것이다. 세상 모든 것은 변하므로. 나도 변할 수 있으므로 그리고 나의 길을 다시 가는 거다.

영화 속 주인공 소율이 "사랑은 거짓말이래"라는 말에 대해 모 통신사 CF에 나왔던 "사랑은 움직이는 거야"라는 멘트가 대답이 될지도 모르겠다. 그리고 "인간은 행동은 약속할 수 있어도 감정을 약속할 수는 없다"고 한 니체의 말을 떠올리며 사랑의 약속, 그 허망한 거짓말을 인정하기로 한다.

3부

행복에 대하여

불행했다.

행복은 내게 없었다. 햇볕 뜨거운 툇마루에 앉아 마른 연못을 바라보던 열네 살의 여름, 마른 북어 같은 아버지가 등 뒤에 누워 있던 사랑방은 토굴 같았다. 그때의 막막함은 생의 소멸에 대한 의문과 두려움으로 이어졌다. 아버지 부재의 결핍은 가난과 외로움을 가져왔고, 외로움은 슬픔을 낳았으며, 슬픔은 삶의 곳곳에 세균처럼 불행을 퍼뜨렸다. 청춘은 푸르렀지만 허약한 육체는 정신과 영혼마저 갉아먹었고, 나는 계속 생을 포기하고픈 충동에 시달렸다. 폐결핵 약으로 중추신경이 흔들리며 비틀거리던 나는 비밀스럽게 몸 속 깊숙이 슬픔을 저장했다. 교회에도 절에도 구원은 없었고 얼떨결에 짊어진 삶의 무게에 등이 휠 것 같은 날들이 이어졌다. 빛나고 뜨거웠던 만큼 사랑은 어둡고 차가웠으며, 기대고 의지한 만큼 삶의 한복판에서 홀로 외로웠다. 어둠과 슬픔을 모르는 사람들과 자기 그림자를 모르는 사람들

속에서 고독했고 진정한 자유에 늘 목이 말랐다. 절대 벗어날 수 없을 것 같은 삶의 굴레에 대한 의문과 회의를 안고 생의 이치를 찾아 허둥대며 동분서주했던 날들. 사방이 온통 벽이었던 곳에서 하나의 문을 발견하기까지는 꽤 오랜 시간이 걸렸다. 무거운 발걸음을 이끌고 늦은 나이에 수필가로 등단을 하고 보니 발버둥처도 따라갈 수 없는 한계가 또 나를 절망케 했다. 나도 사회도 세상도 다 불행했다. 내 안의 불행과 나를 둘러싸고 있는 불행들에 짓눌려 자꾸만 고개가 꺾였다. 사람은 가장 불행할 때 가장 강해진다고 했던가. 니체는 말했다.

"나를 파괴하지 못하는 것은 오히려 나를 강하게 할 뿐이다"라고.

행복했다.

중학교 2학년 때 오빠가 사준 동화출판사 세계문학전집 10권이 나의 첫 번째 행복이었다. 다른 사람들의 삶의 이야기인 소설에 흠뻑 빠져 책을 펼치면 그 순간이 정지하길 바랐다. 고등학교 1학년 때 처음으로 내 방이 생겼다. 그 작은 공간에서 줄을 당기면 불이 켜지는 스탠드를 켜놓고 〈밤의 플랫폼〉이라는 라디오 음악방송을 듣던 밤들은 얼마나 행복했던가. 소설을 읽었을 뿐인데 밤마다 하늘의 별들이 시가 되어 쏟아졌다. 시 한 편이 완성될 때마다 불행 하나가 꼬리를 감추며 사라졌다. 음악과 시와 소설, 그리고 풋풋한 사랑에 흠뻑 취했던 푸른 시절은, 쓸쓸하고 출렁거리며 불안했지만 생의 비밀을 몰라 행복했다. 폐결핵과 노이로제로 병상에서 맞이했던 젊은 날의 어느 봄날, 한 줄기 햇살에 온몸이 포말처럼 부서지는 쾌감을 느꼈다. 살아 있음에 대한 감사였다. 책임과 의무감에 시달려야 했던 세월 속에서도 '한낮의 우울'이 끝나면 등불을 밝히고 소설을 읽을 수 있다는 기다림으로 행복했다. 그때서야 내가 찾아낸 평강으로 뜨거워질 때 문학도 구원일 수 있다는 것을 알았다. 모든 사람이 절벽 같았지만 하나의 문을 찾아 그 문을 열게 한 것은 내가 '벽'이라며 절망했던 '사람'이었다. 수필가로 등단하면서 제2의 인생이 시작되었다. 기억의 창고를 열어놓고 추억을 소환하며 글을 쓰는 행복한 날들이 이어졌다. 옛날에 읽었던 책들을 다시 읽을 때마다 새로운 대륙을 발견한 듯 기쁨과 희망과 용기가 파도처럼 밀려왔다. 때론 후회와 아픔으로 숨이 막힐 때도 있었지만 생의 이치가 부연이 밝아오는 희열에 몸을 떨었다. 모자란 만큼 부여잡고 아픈 만큼 덜어낸다는 것과 삶과 죽음이 둘이 아니듯 행불행도 둘이 아니라는 것, 모든 것은 지나간다는 것들이 그랬다. 남들보다 좋은 글을 쓰진 못하나 한 편의 수필이 완성될 때마다 꽃 하나를 피운 듯 행복했다. 어느덧 불행은 희미해지고 행복한 날들이 적금처럼 쌓여갔다. 그러니 살 만한 세상이고 삶이다. 불행으로 뿌리 내리고 슬픔으로 자란 들풀마다 꽃망울이 생겼다.

행복과 불행은 같이 있다.

"화란 복이 의지하는 곳이요 복이란 화가 엎드린 곳이다. 禍兮 福之所依, 福兮 禍之所伏" 화와 복이 둘이 아니라는 노자의 말씀을 되새긴다. 돌아보니 불행한 줄 알고 살았는데 행복이 받쳐주고 있었고, 행복한 줄 알았는데 불행이 도둑처럼 숨어 있었다. 행복과 불행이 톱니바퀴처럼 맞물려 돌아가며 새옹지마처럼 서로를 도왔다. 결핍, 가난, 상처, 사고, 고통, 분노, 우울감 등을 포함하는 불행에 눈을 뜨기 시작하면서 기쁨, 만족, 감사, 부유, 화해, 편안함 등의 행복을 알았다. 행복만 있었다면 결코 알지 못했을 견디는 법과 그럼에도 불구하고 살아야 한다는 것을 배웠다. 나를 키운 8할은 불행이었다고 해도 과언이 아니다. 불행은 삶의 곳곳마다 비료가 되고 힘이 되어주었다. "행복한 사람은 글을 쓰지 않는다"는 말처럼 불행과 슬픔을 바탕으로 글쓰기를 시작했다. 글을 통해 세상과 사람을 탐구하고 생의 이치를 알아가면서 행복과 불행의 정체를 알게 되었다. 행복은 만족과 평화의 감정이고 불행은 고통과 근심의 감정이다. 그러나 누가 불행하고 누가 행복하다고 평가할 수 있을까. 행복의 기준이 높으면 늘 불행할 것이고, 기준이 낮으면 웬만하면 행복할 것이다. 내가 정하는 기준에 따라 행복과 불행의 차이가 있을 뿐이다.

불행은 남과 비교할 때 시작된다고 했다. 비교하지 않으면 그런 처지나 상황이 있을 뿐이다. 모든 것은 정신이 부리는 작용이다. 마음먹기에 따라 행복할 수도 불행할 수도 있다. 선택은 마음에 달려 있다. 일체유심조一切唯心造다. 겨울의 혹한 속에서 다가올 봄을 기다리며 행복한 사람이 있는가 하면, 지난 여름의 화려함을 못 잊어 괴로워하는 사람도 있다. 그런 것을 알고부터 불행은 점점 물러나고 긍정만으로도 행복하게 되었다. 모든 것이 인연 따라 일어났다가 인과응보로 돌아가는 것을 보며 잘 살아야겠다고 마음을 다잡는다. 공자의 인위적인 '예禮'가 필요치 않는 노자의 '무위無爲'한 세상을 꿈꾸어 본다.

다리에 관한 명상

나에겐 수백 개의 다리가 있다.

돌다리, 나무다리, 출렁다리, 징검다리, 사닥다리 등. 그들은 다시 분주한 다리, 오래된 다리, 서먹한 다리, 친근한 다리, 믿음직한 다리 등으로 존재한다. 핸드폰에 저장된 삼백여 개의 연락처는 모두 나와 그 사람들을 이어주는 각각의 다리들이다. 그들과 나의 관계에 따라 다리 모양이 결정되기도 하고 그 모양은 세월에 따라 변하기도 한다. 오랫동안 흔들림 없이 이어진 철교도 있고, 단단하고도 인간미 넘치는 석교도 있으며, 어쩌다 보니 끊어진 다리도 있고, 끊어진 줄 알았는데 새삼 희미한 그림자가 보이는 다리도 있다. 어떤 다리든 설치는 쉬워도 망가진 것을 보수하거나 재건하는 것은 심적, 물적 고통이 따른다. 그러니 평상시 유지관리에 신경써야 한다.

고뇌와 갈등으로 흔들리던 청춘의 어느 시기에 내겐 여러 개의 출렁다리가 있었다. 사랑이라기보다는 방황이었을 만남이 사랑으로 익어가는 날들은 언제나 출렁거렸다. 비이성적이고 비합리적인 나의 근성은 실수투성이였지만 출렁다리 위에선 여지없이 달콤한 설렘으로 출렁거렸다. 근원적 고뇌조차 잠시 잊게 했던 사랑의 밀어와 그 은밀함이 내 안에서 꽃으로 피어나던 때, 출렁이며 두려움을 잊고, 출렁이며 사랑으로 나아가던 날들을 나는 그 출렁다리 위에서 보냈다.

청춘이 지듯, 울렁증이 가라앉고 어느덧 한 개의 출렁다리만 남게 되었다. 거기에는 상실의 고통보다 여유로움과 평온이 찾아왔다. 그러나 나의 설익은 지성은 무수한 오판과 오류를 생산해냈으니, 출렁거림이 잦아들자 나무로 된 출렁다리가 돌다리로 바뀐 줄 착각한 것이 그 중 하나다. 유유자적 자전거를 타는 것까진 좋았는데 자가용을 몰고 가는 상황이 오면서 다리는 해체 직전에 이르렀다. 대대적인 보수작업으로 복구되었지만 상처의 흔적은 쉽게 지워지지 않았다.

그러고 보면 이 세상 모든 남자와 여자는 출렁이는 나무다리로 이어진 것 같다. 조금 힘주어 밟으면 삐걱거리고, 뛰기라도 하면 부서질 듯 울어대며, 내리치는 도끼에 파멸되고 마는 다리, 그래서 늘 결을 맞춰주고 기름칠을 해야 하는 나무다리 말이다.

처음엔 그런 나무다리가 피곤하고 짜증이 났다. 사랑이라는 이름으로도 용서되지 않는 것들을 사랑이라는 이름으로 용서하기 위해 몸살을 앓았다. 비바람 몰아치고 천둥번개가 쏟아지는 나무다리 위에서 영혼의 밑바닥으로 숨쉬는 법을 배워야 했다. 나무다리는 세월이 흘러 연륜과 경륜이 푸른곰팡이처럼 피어나 푹푹 곰삭는 시기가 지나서야 유연하고 견고한 다리가 된다. 날이 개이고 햇살이 다시 깊숙이 파고들면 숙성된 나뭇결은 윤이 나고 햇빛과 바람의 숨구멍이 되어줄 것이다. 함께 호흡하는 자리마다 사랑의 신비가 푸드득 피어오르고 하늘과 바람이 나무들 사이에서 춤을 출 것이다. 함께한 세월만큼 단단해진 나무다리는 거친 풍랑에도 침몰하지 않으며 나뭇결마다 나름의 빛을 발하고 각자의 향기로 서로에게 온기를 나눠주는 다리가 되리라. 세상에서 가장 아름다운 다리이지 싶다.

인드라망처럼 다리는 세상의 모든 것을 서로 이어준다. 특히 음악, 미술, 철학, 문학 등 여러 분야에서 서로 영향을 주고받으면서 그것들은 각자 다른 분야로 몸을 건넨다. 미술계에는 아예 '다리파Die Brucke, 橋派'라는 그룹이 있었다. 그것은 1905년 6월, 드레스덴 공업대학의 건축과 학생들인 헤켈, 에른스트 루드비히 키르히너, 슈미트 로트라프 등이 창설한 화가단체이다. 그들은 빛에 의해 변하는 사물을 그대로 표현하는 인상주의에서 벗어나, 인간 내면에 잠재된 표현욕구를 원색적으로 드러내는 화법을 강조하며 입체주의로 가는 문을 열었다. 혁명적인 정신과 회화를 연결하는 '다리'가 되고자 했던 그들은 피카소로 대표되는 젊은 세대의 화가들에게 지대한 영향을 끼쳤다.

새로운 문을 열어주는 의미에서라면 세상에서 제일 멋진 다리는 사닥다리일 것이다. 가난하던 어린 시절, 숨어서 꿈꾸던 다락방은 벽을 타고 고작 서너 개의 계단을 올라가는 것이었지만 그곳은 엄마의 자궁처럼 아늑하고 편안한 고립의 공간이었다. 엎드려 책을 보다 잠든 밤중이면 손바닥만 한 창밖의 별빛 달빛의 반짝거림에 내 영혼의 키가 한 뼘씩 자라난 것 같다.

학교를 다니고부터 '선생님'이라는 사닥다리가 생기기 시작했다. 세상의 모든 스승은 지식을 전달하고 살아가는 지혜를 알려주며 더 높이 올라가게 하는 사닥다리이다. 그 계단들을 꼭꼭 힘차게 밟고 올라간 사람과 그렇지 않은 사람과의 차이는 땅과 하늘일 것이다. 내게도 학창시절부터 훌륭한 사닥다리들이 많이 있었다. 자상하고 친절한 스승들과 엄격하고 무뚝뚝한 스승들을 만나면서 배우고 익히며 한 계단씩 올라섰다. 천성이 게을러 여전히 땅 부근에 가까이 있지만 사닥다리들은 절대 스스로 철수하지 않는다는 믿음이 나를 더 게으르게 하는지도 모르겠다. 언젠가 올라서길 바라며 손을 내밀고 기다려주는 사닥다리가 있어 우리의 지식과 영혼의 키가 자라나고 새로운 세계로 이어져간다. 더 나은 삶과 세상은 이런 사닥다리들의 노고이다.

멋진 사닥다리 곁에서 아름다운 출렁다리를 꿈꾸며 오늘도 나는 핸드폰에 또 하나의 다리를 놓았다. 어떤 다리가 될지 아직은 모르겠다. 다만 황소 같은 고집과 신념으로 단단하지 않고, 나비 날갯짓처럼 팔랑팔랑 흔들리지 않으며, 황당함과 무례로 경중 뜀뛰지 않는 다리, 오래 걸어도 피곤하지 않은 그런 다리를 놓고 싶다. 그곳에 시원한 바람이 불고 외로운 사람들이 힘을 얻는 다리, 그래서 또 다른 누군가에게로, 혹은 다른 세계로 이어지는 다리로 그대와 이어지고 싶다.

『좁은문』 다시 읽기

한 사람의 인생에 영향을 끼치는 것에는 무수한 것들이 있다. 내 삶에 큰 영향을 끼친 것 중 하나는 앙드레 지드(1869~1951)의 소설『좁은문』이다. 어려운 단어 없이 간결한 문장으로 쓰인 이 작품은 15살 소녀에게 쉽게 이해되었다. 인간적인 사랑을 포기하고 신을 향해 나아가는 주인공 알리사와 제롬의 플라토닉 사랑에 감동되어 눈물을 흘렸다. 영혼을 바쳐 사랑한 남자를 오직 신을 위해 포기하는 성스러운 여인에게 푹 빠져버린 것이다. 그리고 교회에서 첫사랑이 시작되었을 때, 소설 속 주인공인 듯 나는 그들을 따라 비극적인 이별을 준비했다. 역사의 오류든 생의 오류든, 지난 날을 떠올린다는 것은 후회라기보다 교훈이고 깨달음일 때가 있다.

추억을 환기하며 지드의 작품을 다시 읽었다. 미처 알지 못했던 사실에 뒤통수를 맞은 기분이었다. 나를 그토록 비장하게 만들었던 소설이, 비인간적인 자기희생의 허무함을 신랄하게 비판하면서 종교적

금욕주의에 대한 회의를 암시한 것이라는 사실에 놀라움을 감출 수
없었던 것이다. 그러나 지드의 생애를 읽고 그가 얼마나 투쟁적으로
인간의 근원을 향해 나아갔는지를 알게 되면서『좁은문』의 창작 동기
가 이해되었다.

앙드레 지드는 1869년 11월 22일, 파리에서 태어났다. 그는 개신교
를 믿는 상류 부르주아 가문에서 법학교수였던 아버지와 어머니 사이
의 유일한 혈육이었다. 당시 프랑스를 비롯한 유럽 대부분은 가톨릭
중심 사회였고 개신교도는 특이한 경우였다. 지드 나이 12세 때 아버
지가 돌아가시고, 어머니를 비롯한 여성 중심의 엄격한 청교도적인
교육환경은 지드의 인생에 큰 영향을 미치게 된다. 병약한 이유로 대
부분 가정교사에게서 수학했으며 대학은 다니지 않았다. 20세기 위대
한 작가 중 한 명으로 소설가, 희곡가, 평론가, 모럴리스트였던 그는
전생애에 걸쳐 네 번의 큰 전환점을 갖게 된다. 그때마다 그의 정신세
계와 문학세계는 큰 반향을 일으켰다.

첫 번째로, 22세 때 니체와 오스카 와일드와의 만남이다. 그는 신
을 향한 덕성만이 유일한 선善으로 평가되는 청교도적인 환경에서
교육받으며 그런 여인(사촌누이 마들렌)과 사랑에 빠져 있었다.

그런 그에게 초인사상을 부르짖는 니체와, 유미주의자이며 동성애
자인 오스카 와일드는 우주가 전복될 만큼의 큰 충격이었다. 지드는
이때부터 가정과 사회에 반항하고 도덕과 종교로부터 벗어나기 위해
투쟁하게 된다.

두 번째 전환점은 24세 때 건강을 위해 떠난 알제리 여행이다. 뜨거운 아프리카에서 생애 처음으로 살아 있다는 충만감을 느끼며 젊은 아랍인과 동성애 관계를 갖게 된다. 이후로 지드는 부르주아적 사회의 도덕적, 종교적 구속으로부터 인간의 삶을 해방시키고 인간들에게 열정적인 삶을 제시하는 것을 자신의 사명으로 여기게 된다.

세 번째는 57세 때의 콩고 여행이다. 허세와 거짓에 대한 분노, 피압박자에 대한 연민, 진실과 열정에 대한 열망 등 그의 기본 정신이 향했던 인간의 내면에서 이 여행 이후 세상을 향한 외부로의 방향전환이 일어난다. 이로써 정신적 진전의 전환점이 되어 그를 '현대의 양심'이라고 불리게 되는 중요한 계기가 되었다.

네 번째로, 63세 때 그는 기독교에 입각한 사회정의실현으로 사회주의로 전향한다. 그러나 소련을 방문하면서 현실을 목격한 후 자신의 판단착오를 인정한다. 또한 영향력 있는 문학평론지 『누벨 르뷔 프랑세즈』를 창간하여 당시 상업주의에 침해된 문단에 상당한 자극을 주어 20세기 전반 프랑스문학사에 지대한 공헌을 했다. 그리고 78세에 노벨상을 수상하였으며 1951년 2월 19일, 82세를 일기로 세상을 떠났다. '백색결혼'을 유지한 아내 마들렌과 퀴베르빌 묘지에 나란히 묻혔다.

몇 년 전, 북프랑스를 여행하면서 모네의 정원을 가는 길에 지드의 묘지를 찾아 퀴베르빌에 들른 적이 있다. 녹음이 우거진 작은 마을 입구에 동화 속 같은 작은 성당이 있었고 그곳 묘지에 지드와 아내 마들렌의 무덤이 있었다. 성당 너머로 센 강이 흐르는 평화로운 이곳은 소설 속 배경인 뷔콜랭 외삼촌의 집이 있는 곳이다.

『좁은문』은 지드 자신과 아내 마들렌을 모델로, 14살의 제롬과 16살된 사촌 누이 알리사의 비극적인 사랑을 다룬 작품이다. 제롬이 알리사와 이루지 못한 사랑을 회상하는 형식인 이 작품은 그들이 주고받은 편지와 알리사의 일기로 전개된다. 청교도적이고 이상주의적인 교육을 받은 제롬은 방학 때마다 뷔콜랭 외삼촌댁에 놀러간다. 그곳에서 성스럽고 신비로운 알리사의 모습을 사랑하게 된다. 그는 하나님의 사랑 안에서 알리사와의 사랑을 이루고 함께 하나님께 나가길 원하지만, 알리사는 자신의 인간적인 사랑과 하나님을 향한 사랑 사이에서 고뇌한다. 절제와 규율에 길들여진 순응주의자인 제롬은 인간적인 사랑을 초월해 하나님에 대한 사랑으로 승화시키려는 알리사의 결심을 꺾지 못한다.

"좁은문으로 들어가라. 멸망으로 인도하는 길은 크고 그 길이 넓어그리로 들어가는 자가 많고, 생명으로 인도하는 문은 좁고 길이 협착하여 찾는 이가 적음이라." 목사님의 설교를 듣고 결국 그는 좁은 문을 택한다. 알리사는 제롬에 대한 사랑을 포기하고 하나님을 선택하는 것이 구원이라 믿는다. "네 곁에서 나는 이보다 더 행복해질 수 없을 만큼 행복을 느끼고 있어. 그러나 진정으로 하는 말이지만 우리는행복을 위해 태어난 게 아니야." "오오 주여, 우리들의 영원한 사랑을위해선 그 사랑이 없어야 하는 것입니다!"라며 끝내 알리사는 인간적인 행복 대신 고행과 죽음을 통한 하나님 안에서의 영혼적 사랑을 결심한다. 결국 종교적 신념과 인간적 욕망 사이에서 몸부림치다 그녀는 수도원에서 고독한 죽음을 맞이한다.

지드는 이 작품에 무려 18년간이나 심혈을 기울였다. 『좁은문』은 종교적 이상을 위해 자연적 본능을 억압할 때 일어나는 비극을 감동적으로 묘사했다며 대호평을 받았다. 이로서 지드는 프랑스문단에 한 중심축으로 자리잡게 된다. 많은 연구가들은 이 작품의 예술적 완성도를 높이 평가하지만 내용 면에서 반기독교적인 작품으로 보고 있다. 지드 자신도 이 작품을 기독교적 신비주의의 위험을 비판하는 경고의 책이라고 말했다. 금욕적인 종교와 도덕적 계율에 길들여진 인간의 비극적 결말을 보여줌으로써, 인간의 자유의지와 자율적 선택으로 자기만의 삶의 윤리를 회복하라는 역설의 메시지인 셈이다.

『좁은문』은 지드의 자전적 소설이다. 그는 주인공 알리사의 모델인 사촌누이 마들렌과 결혼에 성공했지만 그녀가 죽을 때까지 '백색결혼'을 유지했다. 그렇다면 그가 선택한 '백색결혼'은 자신의 자유의지이고 윤리였던가? 그렇다하더라도 그것이 배우자의 자유의지와 윤리에 상반된다면 타협해야 하는 것이 더 인간적인 게 아닐까? 육체관계가 없는 결혼으로 아내 마들렌은 괴로워했다. 열정과 자유를 기치로 감각의 해방을 가르치고 모든 인습과 순응주의로부터 벗어나려했던 반도덕주의자이며 동성애자인 지드가 정작 자기 아내에게만은 도덕과 순응을 강요한 것 같아 씁쓸하다.

20세기 프랑스문학에서 앙드레 지드만큼 논란의 대상이 된 작가도 드물다. 그의 문학적 위상과 영향력이 지대한 만큼 그에 대한 평가도 양극단으로 나뉜다. 긍정적인 평가는 인간의 비판정신을 깨우고 인간 본능의 진실성과 성실성을 향한 길을 제시했다는 것이다. 따라서 현대사상에서 가장 자유롭고 인본주의를 대표하는 '메시아적 해방'으로 추앙받는다. 부정적인 평가는 도덕과 전통을 고수하는 보수주의자들과 종교단체로부터 젊은이들을 타락시키고 기독교 사회를 파괴하며 문명과 윤리를 파괴시키는 '악마의 화신'으로 매도당하기도 한다.

그에 대한 문학적 평가는 청교도적인 신앙과 인간적 자유에 대한 갈등에서 비롯된 탈신성화된 성경의 재해석을 든다. 그리고 소설적 육화를 통해 특유의 미학적 깊이와 영혼의 울림이 있는 작품을 창조해냈다고 인정받는다. 결론적으로 그의 모든 문학은 억압적인 사회와 전통적인 종교가 요구하는 구속과 타율성을 거부하고, 새로운 정신적 풍토를 탐색하기 위한 투쟁이라 할 수 있다.

1947년 노벨상 선정위원회는 "지드는 광범위한, 그리고 예술적으로 대단히 중요한 저작에 있어 인간성의 제 문제와 제 상태를, 두려움을 모르는 진리애와 심리학적 통찰력으로 제시했다"라고 언급했다.

45년 만에 다시 읽은 『좁은문』으로 고전이 주는 묵직한 감동에 젖었다. 무신론적 휴머니즘의 선도자인 지드의 문학세계와 생애를 알고 나서 『좁은문』이 그냥 비극적인 사랑 이야기가 아니었음을 알게 되었다. 생명으로 인도한다는 좁은 문을 통과하느라 잃어버린 인간다움에 바치는 헌사라고나 할까? 아니면, 어쨌든 진리의 문은 좁은 문이니 그리로 가도록 힘쓰라는 메시지일까? 지드가 알리사를 통해 극도의 고행과 금욕주의를 경고하고, 제롬을 통해 자신의 본능과 자유에 충실하라는 메시지를 전하는 것이라 해도, 알리사가 내게 보여주었던 신비적인 신앙과 숭고함으로 빛나는 사랑의 전언은 여전히 내 가슴에 살아 있음을 확인한다.

이 책 출간 다음해인 1910년에 지드는 "나는 오늘 죽을지 모른다. 나의 모든 작품은 『좁은문』 뒤에서 사라질 수 있다. 사람들은 오직 『좁은문』만 생각하게 될지도 모른다"라고 고백함으로써 이 작품에 대한 각별한 애정과 관심을 보였다. 완벽한 예술 작품의 창조로 또 다른 구원의 길을 모색했던 지드, 그가 가장 심혈을 기울였다는 작품을 읽고 내 젊은 날의 삶이 잠시 흔들렸었다. 흔들리며 꽃을 피운다지 않는가. 어쩌면 일찌감치 흔들린 덕분에 웬만한 흔들림을 견뎌왔는지도 모른다. 언젠가 피울 꽃을 위하여.

내가 만난 작가들

　수필가로 등단했지만 나의 글쓰기는 인터뷰로 시작되었다. 2007년부터 2011년까지 『한국산문』에 두 달에 한번씩 연재를 했다. 2011년 12월, 26명의 작가 인터뷰를 모아 대담집 『외로운 영혼들의 우체국』을 묶고, 이후로는 가끔씩 대담을 진행하고 있다.

　글쓰기만으로도 내 인생의 새로운 전환점이 되기에 충분했는데 유명 작가, 기업인, 정치인 등과의 만남은 내 무의식에까지 깊은 영향을 주었다. 일가를 이룬 사람들의 생애를 통해 나의 불우가 한낱 휴지처럼 보잘것없음을 보게 된 것이다. "사람이 온다는 건/ 실은 어마어마한 일이다/ 한 사람의 일생이 오기 때문이다"라는 정현종 시인의 시처럼 한 사람 한 사람의 일생들과의 만남으로 어마어마한 일들이 벌어졌다. 그들이 결핍과 고통을 딛고 어떻게 살아냈는지, 진실을 향한 고뇌로 얼마나 고독했는지를 알면서 비로소 내 안의 그림자를 직시하게 된 것이다.

골수까지 '구도자'의 운명을 타고 난 사람

신비주의적 종교에 함몰되어 있던 나의 20대, 그 후반에 읽은 장편 소설 『만다라』는 내게 종교적 충격이었다. 세상을 다스리고 지배하는 인간들아 들에 핀 백합도 하늘의 새도 하나님이 거두시는데 무에 걱정이냐. 무겁고 힘든 짐 내려놓고 내게 오라. 근심 걱정 말고 감사하라. 무조건 믿고 사랑하라. 예수만 믿고 의지하면 천국에 가리라는 기독교의 가르침은 시간이 흐를수록 회의가 들었다.

처음으로 접한 불교 소설 『만다라』에서 나의 분신인 것 같은 지산 스님을 만났다. 우상화된 부처, 세속화된 절, 형식적인 구도자와 맹목적인 신도들을 비웃으며 오로지 자신의 근원을 향해 걸어간, 지독한 허무주의자 지산. "진실하게 방황하고 진실하게 타락하고, 진실로 진실하게만 매진한다면 어떤 아름다움을 잉태한다"는 그의 말에 매료되었다. 생의 무거움은 밖에 존재하는 신이 나를 돕는 것이 아니라, 나의 진실한 간절함과 치열함으로 가벼워질 수 있다는 것을 예감케 한 사건이었다. 그 소설의 작가 김성동은 하나님 몰래 감춰둔 나의 우상이었다. 이후로 신문이나 문단매체를 통해 들려오는 그의 소식은 늘 내 가슴을 뛰게 하였다.

그런 사람을 드디어 만났다. 격랑의 청춘이 잦아들고 하나님도 부처님도 모두 내 마음속에 있음을 알아버린 이순의 나이에, 귀밑머리 하얘진 소녀가 문학으로 출가한 백발의 노작가를 찾아갔다. 2018년 12월이었다. 용문사길 초입, 폐업한 식당 뒤편에 앉은 자그마한 집 마당에 흰 눈이 쌓여 있었다. 그 눈에 눈이 부셨던가. 눈가에 이슬이 맺

했다. 27년 만에 완간한 소설 『국수國手』(전 5권)로 '우리말의 보고' '모국어의 파수꾼'이라는 평단의 찬사를 받고 있는 대작가의 집이 이렇게 누추하다니…. 컴컴한데 불도 켜지 않고 겨울인데 따스한 기운도 없었다. 책들로 가득한 실내에 솜옷을 껴입고 있는 그는 외로운 한 마리의 짐승 같았다. 그런 그가 자꾸만 '하아' 하며 한숨을 쉬었다. 나는 오랜 세월 가슴에 품고 있었던 지산 스님의 허무에 대해 물었다.

그것은 죽을 때까지 갖고 살아야 할 화두로서 떨치지 못하는 것, 정답이 없는 것, 미진하고 아쉽고 이름 붙일 수 없는 그 무엇, 그렇지만 그것 때문에 수행하고 정진하고 공부하게 하는 것, 극복하는 것이 아니라 견뎌내야 하는 것이라고 했다. 내 생에 처음으로 종교와 존재의 근원에 대한 회의를 함께 품어준 사람, 지산의 분신인 작가 김성동. 그가 『만다라』는 허무한 이 삶을 어떻게 살아낼지 혼란스러웠던 20대 젊은날의 경험, 방황의 끝, 모든 것의 끝을 갈구했던 자신의 이야기라 말할 때는 마치 나의 이야기인 듯해 콧잔등이 시큰거렸다. 삶과 함께 견뎌내야 할 그 무엇, 그것 때문에 수행하고 공부하며 매진하고 있는 사람, 티브이도 컴퓨터도 없이 스스로를 유폐시킨 곳에서 허무를 깔고 앉아 문학의 정령이 되어버린 사람의 말이었다.

그의 일생을 보면 단테가 생각난다. 9살 때, 8살 소녀 베아트리체를 보고 평생 그녀만을 사랑한 단테는 그녀에 대한 사랑과 그리움을 담아 『신곡』이라는 불멸의 명작을 탄생시켰다. 그의 베아트리체는 '반야'라는 여인이다. 그를 불교가 아닌 '문학'으로 출가하게 만든 그녀와의 이야기는 『꿈』이라는 소설에서 자세히 그리고 있다. 그는 그녀와 지리

산 바위굴에 숨어들어 2개월을 살았는데 그가 버섯을 따러간 사이에 그녀는 떠나갔다. 그 이후 그의 삶은 반야를 향한 그리움과 기다림으로 점철된 방랑이었다. 꿈처럼 다가왔다 꿈처럼 사라져버린 그 여인은 그에게 영원한 정신적 고향이고, 여인이고 엄마이며, 누나이며 깨달음으로 이끌어주는 보살의 현현顯現이다. 아직도 전화벨이 울리면 가슴이 두근거리고 떨린다는 그는, 산문山門에 기대어 그녀를 기다리던 때처럼 아직도 반야를 기다리고 있다고 했다. 백발의 노작가 안에 가득 들어찬 소주빛 순수의 정체는 '반야'라는 여인이었다. 그리고 배고픔보다 그를 더 힘들게 했던 외로움과 그리움이 그를 문학으로 내몬 채찍이지 않을까 생각이 들었다. 그래도 세월이 많이 흘렀으니 조금은 편해지지 않았냐는 질문에 그는 이렇게 대답했다.

"어린 날부터 배고픔보다 힘든 것은 외로움이었고 외로움보다 힘든 것은 그리움이었지. 지금은 좀 나아졌냐구? 아녀. 아니지. 더 배고프고 더 외롭고, 그래서 배고픔과 외로움의 총화인 그리움은 더 심해졌지. 근데 그 그리움이 나를 살린 거지. 문학이나 참선이나 뭔가 근원적인 외로움이 있어야 되거든. 부질없는 행위 같고 고통스럽고 영원히 만족 못하지만 형벌처럼 그 길을 가는 것. 그리움을 향한 몸부림이지. 존재의 근원을 향한 인간의 몸부림. 근데 반세기 동안 글을 썼는데 늘 처음 같아. 막막해. 하아."

하아, 형벌 같은 가족사의 고통이 수행으로, 문학으로, 인간 존재의 근원에 대한 몸부림으로 이어지는 것을 보면 그는 골수까지 '구도자'의 운명을 타고난 것 같다. 그리고 반세기 동안 글을 쓴 작가가 늘 처음처럼 막막하다는 말에 인간미가 느껴졌다. 불교로 출가 후 하산, 다시 문학으로 출가 후 '문선일여文禪一如'의 길을 가고 있는 사람, 느린 걸음, 말끝으로 빠지는 한숨과 달리 총총한 눈빛과 성성한 총기가 허리띠를 졸라맨 수도승 같다. 오랜 시간 내게 우상이었던 그는 나를 실망시키지 않았다. 단지 지산의 허무로 나의 허무를 위로받고 지금은 많이 가벼워진 나와 달리 그는 여전히 무거워 보였다. 아무렴, 그것이 문학의 길 아니겠는가. 슬픔이 슬픔을 위로하는 것처럼 무거움으로 무거움을 들어주는 것, 그리고 다시 세상과 인간을 향한 무거운 짐을 지고 가는 고독한 길 말이다. 그해 겨울, 그를 춥고 어두운 집에 홀로 두고 오는 길은 왠지 쓸쓸했다. 곧 충주의 아파트로 이사할 거라는 말에 그리로 꼭 방문하겠다는 약속을 아직 지키지 못하고 있다. 다음 방문길은 더 가벼우리라 믿으며 『국수國手』 2부, 3부, 전 15권의 완간을 기다린다.

낙타와 사자를 지나 어린이로 사는 사람

내가 만난 작가들 중 유쾌한 사람 중에 오탁번 시인이 있다. 그는 20대에 동화, 소설, 시 부문 신춘문예 3관왕에 빛나는 천재작가로 문단의 주목을 받았다. 그러나 밀리언셀러에 오른 작품이 없다보니 나 같이 평범한 독자의 눈에 띄지 않았던 것도 사실이다. 그와의 대담을 결심한 것은 「폭설」이란 시 한 편 때문이었다.

삼동三冬에도 웬만해선 눈이 내리지 않는/ 남도 땅끝 외진 동네에/ 어

느 해 겨울 엄청난 폭설이 내렸다/ 이장이 허둥지둥 마이크를 잡았다/
—주민 여러분! 삽 들고 회관 앞으로 모이쇼잉!/ 눈이 좆나게 내려부렸
당께!

이튿날 아침 눈을 뜨니/ 간밤에 또 자가웃 폭설이 내려/ 비닐하우스
가 몽땅 무너져내렸다/ 놀란 이장이 허겁지겁 마이크를 잡았다/ —워메,
지랄나부렀소잉! 어제 온 눈은 좆도 아닝께 싸게싸게 나오쇼잉!

왼종일 눈을 치우느라고/ 깡그리 녹초가 된 주민들은/ 회관에 모여
삼겹살에 소주를 마셨다/ 그날 밤 집집마다 모과빛 장지문에는/ 뒷물하
는 아낙네의 실루엣이 비쳤다

다음날 새벽 잠에서 깬 이장이 밖을 내다보다가, 앗! 소리쳤다/ 우편
함과 문패만 빼꼼하게 보일 뿐/ 온 천지가 흰 눈으로 뒤덮여 있었다/ 하
느님이 행성만한 떡시루를 뒤엎은 듯/ 축사 지붕도 폭삭 무너져내렸다

좆심 뚝심 다 좋은 이장은/ 윗목에 놓인 뒷물대야를 내동댕이치며/
우주의 미아가 된 듯 울부짖었다/ —주민 여러분! 워따, 귀신 곡하겠당
께! 인자 우리 동네, 몽땅 좆돼버렸소잉!

외딴 시골마을 이장님의 구수한 사투리가 들리는 듯한 이 시를 읽
고 빵 터졌다. 시가 이렇게 리얼해도 되나? 하면서도 현실이고 사실인
삶, 그것도 남녀의 사랑을 담보로 한 걸쭉한 입담에 절로 웃음꽃이 피
고 비루한 삶에 소나기 같은 활력을 준다.

이런 시를 쓰는 사람은 어떤 사람일까 하는 궁금함으로 2018년 7월,
그를 만났다. 그는 고향에서 폐교된 모교를 사들여 '원서문학관'으로

단장하고 그곳 지킴이로 살고 있었다. 평생 대학교수로 살아온 단정함과 장난끼 넘치는 악동의 이미지가 섞여 있는 그와 사갖고 간 막걸리를 나눠 마시며 이야기를 나누었다. 막걸리에 취한 탓일까. 이야기를 나눌수록 그의 말에 자꾸 걸려 넘어졌다. 그가 중고 헬리콥터를 사려는데 돈이 10프로 모자라니 성금 좀 하라는 데는 한참을 넘어져 있었다. 자신의 이야기로 시작해 소설적 상상으로 끝내는 그의 수법을 터득하는데 한 나절이 걸렸다. 상대방을 골려주기로 작정한 상상력으로 웃음바다를 만드는 사람, 대학교수라는 권위나 위엄 같은 것은 없었다. 그에게서 나는 진정한 '놀이하는 인간'을 보았다. 니체가 말한 자기 창조의 변신과정에서 그는 낙타와 사자를 지나 새로운 세계에 대한 발견으로 새로운 놀이를 시작하는 어린이였다. 등단 초 고뇌와 우수에 가득 찬 시에서 출발하여, 거리두기와 절제의 미학으로 끌어올린 사랑의 절창들을 남기고, 이제 어린이와 같은 천진함과 자유로움으로 새로운 세계를 펼쳐 보이고 있다. 음담패설과 비속어조차 익살과 해학으로 버무려 웃음 속에 눈물을, 눈물 속에 웃음을 선사하는 그의 시 들이 유쾌하다.

그는 좋은 시란 백비白碑를 보듯, 무현금을 듣듯, 그렇게 보고 듣는 것이지 이해하려하거나 독해하는 것이 아니라고 했다. 그리고 그냥 독자들의 가슴을 뛰게 하고 눈물과 웃음을 선사하는 것이라는 말에 시가 훌쩍 가까이 다가왔다. 체면과 규범에 묶이지 않고 알몸으로 밀고 가는 그의 시 세계가 거룩한 긍정을 확보하는 이유이다. 어린 시절 뼈저린 결핍과 궁핍의 기억이 그를 강인한 정신으로 묶는 매개가 되었다는 사람, 외로움과 슬픔을 먹고 자란 소년 시절부터 문학으로 무장한 사람, 그를 만나고 돌아올 때 떠오른 단어는 '대교약졸大巧若拙'이었다.

몇 달 후 그에게서 전화가 왔다. 산문집을 내는데 내가 쓴 대담 글을 넣겠다는 것이다. 그리고 고려대 총장과 이명박 대통령을 초대해서 광화문에서 출간 파티를 열 예정이었는데 코로나 때문에 취소되었다고 했다. 그와 전화를 끊고 나서야 또 속았다는 것을 알았다. 얼마 후 흰 색 표지의 『두루마리』라는 그의 산문집이 집으로 배달되었다.

홀로서기

책장 앞에 섰다가 1980년대 밀리언셀러였던 시집『홀로서기』를 꺼내 보았다.

당시 소설에 푹 빠져 시 한 편 읽지 않던 내가 서정윤의『홀로서기』를 구입한 것은 순전히 제목 때문이었다. 홀로서기…. 채울 수 없는 마음 빈 구석으로 허무가 쌓여가던 서른 살 무렵, 깃발처럼 펄럭이며 꼿꼿이 홀로 설 수 있기를 갈망했던 청춘의 끝 언저리에서 '홀로서기'는 나의 시선과 마음을 낚아챘던 단어였다.

책을 펼쳐본다. 아득한 그리움에 잠시 어지러웠다. "기다림은 만남을 목적으로 하지 않아도 좋다"라는 시구를 읽고 돈오의 순간처럼 엉킨 감정들이 풀어지는 것을 느꼈던 것 같다.

"홀로 선다는 건/ 가슴을 치며 우는 것보다/ 더 어렵지만" "누군가를 열심히 갈구해도/ 아무도/ 나의 가슴을 채워줄 수 없고/ 결국은/ 홀로 살아간다는 걸"이라는 시구에선 누구나 비슷한 감정으로 살아간다는 사실에 특별할 것 없는 삶이 더 허무해 눈물이 났던 것 같다.

폭력과 저항, 억압과 투쟁의 1980년대는 온통 노동문학과 참여문학이 판을 치던 때로 기억된다. 상처받고 방황하던 젊은 청춘들은 인간의 보편적 정서인 사랑에 대해 감상적인 시어로 쉽게 풀어간 그의 시에서 위로를 받았다. 서정윤 시인은 개정판 서문에서 힘들게 살아가는 사람들이 자신의 시를 읽고 다시 살아보자는 결심을 할 수 있는 용기를 줄 수 있다면 시의 존재가치는 충분하다고 썼다.

누군가에게 살아갈 희망과 용기를 주고 싶었던 소망이 시로는 불충분했던 걸까. 뉴스를 통해 알게 된 그의 성추행 사건은 그의 인기만큼이나 내게 충격을 주었다. 교사로 근무하던 학교에서 상담 중에 15살 여제자를 성추행했다는 것이다. 그는 제자에게 힘을 주려고 했다니 시로썬 더 이상 용기를 줄 수 없을 만큼 시심을 잃었나보다. 그것이 그의 홀로서기 방식이라 할지라도 한때 삶 앞에 도도한 홀로서기 바람을 일으켰던 시인이 삶의 현장에서 돌팔매를 맞는 모습은 그저 허탈하기만 하다.

내가 홀로서기를 흠모한 것은 홀로서기라는 단어에서 뿜어나오는 강렬한 '자유'의 이미지 때문이었다. 죽었다 깨어나도 바뀌지 않을 것 같은 진부한 일상에서 일탈을 꿈꾼, 환상 같은 거였다. 그러나 그것은 홀로되기이지 홀로서기가 아닌 것을 뒤늦게 알았다. 진정한 홀로서기란 해방된 혼자가 아니라 경제적, 육체적, 정신적으로 타인에게 기대지 않는 자립을 뜻하는 것이라는 것을.

"숱한 불면의 밤을 새우며/ 홀로서기를 익혀야 한다"는 시구처럼 고립과 고독을 혹독하게 치러내며 사막에서도 외롭지 않을 오롯한 정신, 그 힘이야말로 홀로서기의 기본일 것이다. 나의 나약함과 게으름으론 언감생심임을 일찌감치 눈치채고 진즉 홀로서기를 포기하고 살아왔다. 그저 외롭고 눈물 많은 사람들끼리 등 두드려주면서, 마약처럼 주어지는 잠깐의 행복으로 더 긴 고통을 견디며 살아가는 것이 인생이라 생각했다. 부족하고 흠 많은 나처럼 너 또한 완전하지 않음을 인정하면 별로 화낼 것도 이해 못할 것도 없어진다. 그렇게 기대고 부대끼며 어느덧 인생의 가을을 맞고 있다.

그러고 보니 나는 요즘 홀로 산다. 한때 그토록 바랐던 자유가 뭉텅이로 생겼다. 아이들은 모두 품을 떠났고 남편은 35일간의 여행을 떠났다. 처음으로 맞이하는 혼자만의 자유시간이 보너스로 찾아왔다. 책장 앞을 어슬렁거리다 손에 잡힌 것이 『홀로서기』이다. 평화는 물론 자유와 여유로움에 책 읽는 보람도 새록새록 생긴다. 하루하루를 아껴가며 야금야금 먹는 기분이다. 홀로되기의 매력에 푹 빠져 있을 즈음 눈치를 챈 걸까, 여행 간 남편이 카톡을 보내왔다.
"세상의 끝 우스아이아에서 당신을 생각하고 있소."
세상의 절경을 보러간 곳에서 아내한테 못해준 걸 반성하는 것은 아닌 것 같고 혼자 간 것에 대한 미안함 정도로 해석된다. 아니면 지금쯤 하얀 쌀밥에 묵은지 김치찌개나 청양고추가 듬뿍 들어간 된장찌개가 그리워서일 거다. 아니면 그 역시 홀로서기에도 홀로되기에도 준비가 안 되어 있는지도 모른다. 홀로 가는 인생길이지만 누군가 나를 바라보아주고 기다리고 있다는 사실 하나만으로도 다리에 힘이 생기는 것이니까. 그러니 외롭다고 징징댈 것도, 자유라고 환호할 것도 없다. 죽음이 있어 삶이 값지듯 혼자만의 자유도 끝이 있어 더 값지게 다가오는 것 같다.

사실 남편이 없는 동안 몸은 편하지만 딱 그만큼 옆이 허전하다. 마당에 심은 과실나무가 꽃 떨어지고 열매를 달았느니 벌레가 생겼느니 말해주는 사람, 오늘은 무슨 반찬이냐고 밥은 먹었냐고 물어주는 사람, 밥상머리에서 반주로 소주 한 병을 나누어 먹을 사람, 깻잎장아찌를 젓가락으로 붙잡아줄 사람, 비가 온다고 눈이 온다고 탄성을 질러줄 사람, 드라마를 보며 맞니 틀리니 언쟁할 사람, 다정할 때보다 퉁명스러울 때가 훨씬 많더라도 그런 사람이 그리워진다.

돌이켜보면 사방천지 홀로인 듯 외로웠지만 여러 인연들과 함께했기에 살아냈다. 그러나 내 삶은 나 홀로 책임져야 하는 과업이기도 하니 인생이란 '홀로 함께 가는 길'이라 하겠다. 한때 내 청춘의 끄트머리에서 헛헛한 마음을 달래주었던 시집 『홀로서기』 책만큼 아꼈던 시인은 지금쯤 홀로서기에 성공했을까. '함께'를 가르쳐준 고마운 인연에 감사하며 책장을 덮는다.

최후의 심판
─ 단테의 『신곡』을 찾아서

시스티나 성당에 들어서자마자 제단화 〈최후의 심판〉과 천장화 〈천지창조〉에 시선이 꽂혔다. 인간의 손끝에서 나왔다고 믿기 어려운 성스러움이 온몸의 세포를 타고 흘렀다. 잠시 마법에 걸린 듯 정지하고 있는 벽화 속 인물들은 금방이라도 머리 위로 쏟아질 것만 같았고 내게 심판의 책을 들이댈 것만 같았다. 오래 전부터 보고 싶었던 것은 '미켈란젤로의 신곡'으로 불리는 〈최후의 심판〉이다.

가로 13.4미터, 세로 40.93미터의 벽 가득 예수와 성모마리아를 중심으로 천상계와 천사들, 승천하는 사람들과 지옥으로 떨어지는 사람들, 천국행과 지옥행을 가르는 심판의 책을 든 심판자가 무리를 지어 나뉘어 있다. 그림을 보며 지금 내가 심판받는다면 천국행 영혼들의 이름이 적힌 얇은 책에 오를지, 지옥행 영혼들의 이름이 적힌 크고 두꺼운 책에 이름이 오를지 생각해본다. 머릿속이 쭈뼛 곤두서며 잘 살아야겠다는 마음이 든다. 천국과 지옥을 한 편의 그림으로 펼쳐보인

미켈란젤로는 단테의 『신곡』을 그림으로 재현하기 위해 『신곡』을 읽고 또 읽으며 〈최후의 심판〉을 완성했다고 한다. 단테를 만나러 가기 전에 이 그림을 보고 나니 지옥이 생생하게 느껴진다.

"지구 위를 걸었던 사람 중 단테보다 위대한 사람은 없었다"고 한 미켈란젤로, "『신곡』은 인간의 손으로 만든 최고의 것"이라고 한 괴테, "중세 천년의 침묵의 소리"라고 한 토머스 칼라일, "근대의 세계는 세익스피어와 단테가 나눠 가졌다"는 T. S 엘리엇, "단테는 중세 최후의 시인이며 신시대 최초의 시인이다"라고 한 엥겔스, "사람의 힘으로는 미치지 못할 기적"이라고 말한 러스킨 등, 단테의 『신곡』에 대한 평가는 가히 초극적이다.

중세를 종합하고 근대를 열어젖힘으로써 인간 중심의 시대로 우리를 안내한 『신곡』은 성경과 신화, 그 이전의 모든 고전과 우주론, 천문론, 윤리학이 담긴 1만4,223행의 방대한 서사시이다. 따라서 중세사상과 세계관이 농축되어 후대 화가, 작가, 음악가 등 예술 전반에 막대한 영향을 끼치며 르네상스 부흥의 중요한 단초를 마련했다. 당대 표준어였던 라틴어가 아니라 속어에 불과했던 이탈리아어로 작품을 써서 이탈리아어를 국어로 정착시키고 정신적 기둥이 되었던 사람 단테. 그의 흔적을 찾아 피렌체로 향했다.

오늘날 연옥의 개념을 세우고 지옥을 구체적으로 형상화한 『신곡』을 읽으며 천재적인 작가를 탄생시킨 곳이 궁금했다. 더구나 오래 전 읽은 에쿠니 가오리의 소설 『냉정과 열정 사이』에서 두 남녀가 10년

후에 만나기로 약속했던 피렌체의 두오모를 볼 수 있다는 기대에 설렘이 배가되었다. 간절히 기원해도 이루어지지 않는 일들이 많은 삶의 여정에 보너스를 받는 기분이었다. 마치 나의 인내심을 테스트라도 하려는 듯 날을 세운 삶의 편린들에 긁히고 쓰라렸지만 생은 늘 그 뒤편에 보상을 준비하는 것 같다. 2주간의 이탈리아 여행은 몸과 마음에 강력한 영양제 역할을 했다. 시대를 초월한 문학과 역사의 현장에 발을 딛는다는 것은 삶이 내게 주는 감동스런 선물이다.

새로운 시대를 여는 중심지였고 르네상스를 꽃피운 꽃의 도시 피렌체 근교에 차를 세우고 아르노 강을 따라 걷는다. 단테가 36세 때 당쟁에 휘말려 추방된 후 죽을 때까지 돌아오지 못하고 그리워한 도시라 생각하니 그의 슬픈 영혼이 떠도는 것만 같다. "내가 태어나 자란 곳은 아르노 강변의 큰 도시"라고 한 시인의 말을 생각하며 혹시 그를 기억하는 사람이 있을까 주위를 두리번거린다. 수백 년간 지나다닌 사람들의 발길에 닳아진 돌과 길들, 코끝에 와닿는 바람의 세기와 온도, 두고 온 도시와 그리운 사람들과 기억의 끈이 이어질 것만 같은 냄새, 아는 사람을 만난 듯한 체취와 수런거림, 모든 비밀을 알고 있을 것 같은 나무와 강물과 건물들에 인사를 건넨다.

1265년 피렌체에서 태어난 단테는 9살 되던 해 5월 1일, 이웃의 포르티나리가 집에서 잔치를 벌여 그곳에 갔다가 8살 된 포르티나리의 딸 비체(단테는 베아트리체라 부름)를 만난다. 한 사람의 영혼이 다른 한 사람의 영혼을 이처럼 강렬하게 붙잡을 수도 있는 것일까. 이때부터 단테는 평생 그녀를 사랑하여 영원불멸의 작품 『신곡』을 낳는다. 단테가 18살 되던 해 이미 결혼한 그녀와 베키오 다리 끝부분에서 두 번째로 만났지만 아무 말도 못하고 헤어졌다니, 첫사랑을 못 잊은 단테의 사무침이 베키오 다리 난간마다 새겨져 있을 것만 같다.

옛날엔 생선가게가 성행하다 잡화상들이 들어오고 이젠 보석상이 자리를 잡았다는 다리 위를 걸어 피렌체 내부 구시가지로 들어간다. 범접하기 힘든 우아함과 화려함이 마치 거대한 한 송이의 꽃 같은 피렌체의 두오모, 산타마리아 델 피오레 성당을 둘러보고 나와 맞은편 세례당 앞에 섰다. 세례당 안의 우물은 단테가 세례를 받은 곳이다. '천국의 문'이라는 황금색 정문은 시야를 압도한다.

"내 영세의 우물에서 면류관을 받으리라"(「천국편」 제25곡)고 노래한 단테는 이곳에서 시인의 면류관을 쓰기를 소원했다. 이곳에서 5분 정도 걸으니 단테 알리기에리 거리에 있는 단테의 생가에 이른다. 햇빛이 닿지 않는 음침하고 좁은 골목 안, 피에로 복장의 한 남자가 일행을 맞는다. 생가 앞 작은 공터에서 열정적으로 단테의 시를 읊는 그 사람이 부럽다 못해 존경스럽다. 적선을 바라지 않고 위대한 시인을 노래하며 낯선 관광객을 웃음으로 맞이하는 피에로, 그는 어쩌면 타국을 떠돌며 빈곤과 불명예와 외로움을 견뎌낸 단테의 화신인지도 모르겠다. 단테의 두상 조각이 걸려 있는 4층 적벽돌 건물 벽에는 이제는 이곳이 단테의 박물관임을 알려주고 있다.

단테와 헤어지는 듯 아쉬운 마음으로 발길을 돌리니 금세 단테 성당(마가렛 성당)이다. 단테가 젬마 도네티와 결혼식을 올린 그곳엔 놀랍게도 24살에 죽은 베아트리체의 무덤이 있다. 그 앞 빨간 바구니에 그녀에게 보내는 엽서와 쪽지들이 가득 담겨 있다. 아름답고 우아한 그녀의 이른 죽음을 안타까워하고 단테에 의해 구원의 여신이 된 그녀에게 사랑의 고통과 약속을 고백하는 글들이 아닐까.

긴 얼굴에 매부리코, 눈은 다소 크고 아랫입술은 윗입술보다 나온 그의 안색은 어두웠으며 구불거리는 머리와 수염은 짙고 검었다. 표정은 침울했지만 조용하고 말이 없어 존경을 받았으며 사려 깊고 공손했다는 사람, 단테.

이탈리아 북부와 파리까지 정처 없이 떠돌던 단테는 베로나 군주의 영예로운 환대를 받으며 그곳에서 창작의 열기를 불태우다 라벤나에서 말라리아에 걸려 생을 마감했다. 베아트리체가 죽은 후부터『신곡』을 쓰기 시작하여 13년 만에 완성하고, 1321년 56세의 나이로 숨을 거두었으니 그는『신곡』과 베아트리체에게 목숨을 바친 게 아닐지. 사실『신곡』의「천국편」에는 베아트리체를 만나 그녀의 안내로 천국을 여행하는 행복한 단테의 모습이 그려져 있다. 작품 속 상상이지만 그토록 사랑한 여인을 만나 포한이 풀린 그가 생의 긴장의 끈을 놓아버린 게 아닐까.

피렌체는 그의 명성을 찾아오려고 그의 시신을 달라고 했지만 라벤나는 돌려주지 않았다. 이후 산타크로체 성당 안에 '시는 죽었다'는 단테의 시를 형상화한 조각상 아래 석관을 놓았지만 가묘이다. 그곳에 "가장 위대한 시인"이라는 글귀가 안타깝게 읽히는 이유이다. 후회는 시기가 중요하다는 교훈을 얻는다. 지금도 라벤나에 있는 단테의 무덤에는 꺼지지 않는 작은 등불이 있는데 그 유지비를 피렌체가 속죄의 의미로 감당하고 있다고 한다.

『신곡』은 지옥 3일 33곡, 연옥 3일 33곡, 천국 1일 33곡에 지옥의 서장 1곡을 합해 100곡으로 이루어져 있다. 1300년 4월 8일 금요일 새벽, 밤새도록 숲속을 헤매다 간신히 빠져나온 단테 앞에 표범과 사자, 늑대가 나타난다. 표범은 음란함, 사자는 오만함, 늑대는 탐욕을 뜻한다. 두려움에 떨고 있는 단테 앞에 로마시대 서사시인 푸블리우스 베르길리우스 마로(BC 70~19)가 나타나 연옥과 지옥은 자기가 안내하고 천국은 베아트리체가 안내해주겠다고 제의하여 저승으로의 여행을 시작한다. 지옥의 문 위 돌에 새겨진 '여기 들어오는 너희는 온갖 희망을 버릴지어다'(「지옥편」 제3곡)라는 글귀는 칼보다 무섭다.

제1지옥부터 제9지옥까지 예수 이전의 배신자, 욕정에 빠진 영혼들, 탐욕과 탐식가들, 인색과 낭비의 죄인들, 이교도들, 폭력배와 폭군들, 사기꾼, 창녀, 아첨꾼, 도둑, 점쟁이, 위선자, 불화와 분열을 일삼는 자, 위조범, 은인과 조국을 배반한자들 등이 지옥의 구렁텅이에서 갖가지 형벌을 받으며 고통으로 울부짖는 묘사는 마치 옆에서 보는 듯 진저리가 쳐진다.

이성과 철학을 상징하는 베르길리우스와의 여행을 끝내고 단테는 낙원에 도착한다. "나는 나의 힘이 미치는 예술과 지혜로써 그대를 이곳까지 인도하였다. 이제 나의 임무는 끝났다"며 사라진 베르길리우스 뒤로 천사와 꽃구름을 타고 천국으로부터 베아트리체가 나타난다.

그는 베아트리체의 안내로 열 개의 천국을 여행함으로써 저승으로의 여행을 마친다. 영원한 사랑, 구원의 여신에 의해 천국으로 인도된 단테는 비로소 숨을 거둘 수 있었을 것이다.

철저한 신 중심의 세계, 그래서 인간에게 암흑의 시대라 불리는 중세를 살아낸 단테는 조국으로부터 추방당한 20년간『향연』,『제정론』등 수많은 명작을 저술했다.

『단테의 일생』을 쓴 보카치오는 "모든 장애를 그 자신의 지성과 인내를 무릅썼기에 우리가 보듯 그처럼 단테는 유명해진 걸까? 그에게 아무런 장애가 없었다면 그의 지성과 인내로 그는 어떤 사람이 되었을까?"라고 묻는다. 그리고 "나는 감히 그가 지상의 신이 되었으리라 말하리라"고 썼다. 역경과 고통이 심신을 단련하고 성장시키는 것은 맞지만 타고난 천재에겐 그저 장애물에 불과하며 편안했었더라면 그는 더욱 위대한 일을 했을 거라는 보카치오의 단언이 가슴을 찌른다.

지상의 신이라니… 우리는 혹시 예수, 부처, 공자, 소크라테스를 잇는 새로운 한 명의 성인을 잃어버린 것은 아닐까? 그러나 거대한 운명의 물결은 그 자체로 거역할 수 없는 숙명이라는 생각이 가슴을 누른다. 어쩌면 단테가 이뤄낸 천재적인 과업『신곡』은 신의 선물일지도 모른다. 현세를 사는 우리들에게 지금 나의 위치는 어디인지, 심판받을 준비가 되어 있는지 질문하며 삶을 점검하는 계기를 제시하는 거대한 축복이다. 현실을 자기 주체적으로 인간답게 살아가라는 깨달은

자의 가르침이다.

르네상스를 꽃피운 도시로, 문화와 예술의 중심지로 건재하는 피렌체. 단테의 사랑과 슬픔과 눈물인 것 같은 아르노 강물을 따라 피렌체를 떠나며 문득 떠오르는 구절이 있다. "지옥의 가장 뜨거운 곳은 도덕적 위기의 시대에 중립을 지킨 자들을 위해 예약되어 있다"(「지옥편」 제3곡 해설). 명예도 없고 수모 당하는 일도 없이, 오직 자기 자신에게만 충실했던 기회주의자들이 지옥에서 울부짖는 소리가 들리는 듯하다. 갑자기 조국의 위기에 마음이 바빠진다. 빨리 촛불집회에라도 참석해야겠다.

코로나19와 페스트

"시민들은 서로 오가기를 피하고, 이웃 간의 따뜻한 정은 하나도 없었으며, 친척끼리도 소원해져서 서로 이따금 밖에 아니, 거의 방문하는 일이 없어졌습니다. (중략) 지금까지의 습관을 포기하고, 신변의 일이나 일과를 아무것도 하지 않게 되었습니다."

페스트가 만연했던 1348년 당시 이탈리아 피렌체의 상황을 묘사한 『데카메론』의 앞부분이다. 이런 도시를 피해 열 명의 신사숙녀가 교외 별장에서 열흘간 풀어놓은 이야기 100편이 작품의 구조를 이루고 있다. 그 안에는 주로 인간의 본성과 정욕에 대한 내용이 담겨 있는데 신神 중심의 세계관에 사로잡혀 있던 인간들이 생명을 위협받는 절체절명의 위기에서 인간의 본질을 새롭게 바라보기 시작한 것이다. 인간적인 자유와 사유를 펼쳐보임으로써 근대소설의 토대를 마련한 이 작품은 르네상스로 가는 길을 열었다는 평가를 받는다. 유럽 인구의 3분의 1을 쓰러뜨린 페스트가 인간을 다시 살려내는 역할을 한 것이다.

세계는 지금, 페스트 이후 가장 강력한 위협을 받고 있다. 그것은 신종 코로나19 때문이다. 강력한 전염력을 지닌 코로나 바이러스로 많은 사람들이 가택연금 상태이다. 마치 14세기가 다시 재현된 것 같다.

코로나19는 2019년 12월 중국 우한에서 시작된 신종 바이러스로 우리나라엔 1월에 상륙하여 2월부터 크게 확산되었다. 반면 유럽과 미국은 3월 들어 확산조짐을 보이며 비상경고 중에 있다. 세계보건기구 WHO는 3월 11일 코로나19를 팬데믹(세계적 대유행)으로 선포했다. 뉴스에선 미국의 사재기 현장과 유럽 대도시의 텅 빈 거리와, 이탈리아 베르가모 도시에서 이어지는 장례 행렬을 보여주고 있다. 관광객으로 넘쳐나던 콜롯세움과 알함브라 궁전, 루브르 박물관과 내셔날 박물관 등이 문을 닫았다. 유럽에서 가장 많은 높은 감염자와 사망자를 낸 이탈리아는 모든 상점이 문을 닫고 4월 3일까지 '전국민이동제한령'을 내렸다. 각국이 도시를 봉쇄하거나 국경까지 봉쇄하는 일이 늘어나고 있다.

우리나라도 코로나19가 상륙한 지 3개월째 접어들고 있다. 지난 2월 대구 신천지교회에서 발생한 대규모 감염으로 전국이 혼란에 빠졌다. 그러나 의료진과 간호사들의 자원봉사와 지역간 후원의 손길로 안타까움과 훈훈함이 교차하기도 했다. 확산이 조금 진정되는 듯 보이지만 그래도 감염자가 꾸준히 나오는 상태라 안심할 수 없다. 강력한 전염력을 지닌 바이러스에 감염되지 않기 위해 정부는 마스크 착용과 손씻기와 '사회적 거리두기'를 강조하고 있다. 거리는 한산하고 대중교통은 텅 빈 자리가 많다. 마스크를 사기 위한 사람들이 긴 줄을 서고 있는 희귀한 풍경도 보인다. 정체불명의 마스크를 낀 사람들이 마스크를 안 쓴 사람에게 눈총을 준다. 전염이 두려운 사람들에게 타인은 모두 적으로 느껴진다. 사회적 거리두기는 대문을 닫아걸게 하고 마음의 문에 빗장을 채우게 한다. 모든 사회복지시설들과 시민들의 취미와 여가를 채워주던 문화센터가 문을 닫았다. 차단과 고립으로 사람들은 홀로 떠돈다. 모임과 여행들이 취소되고 학교는 3월 입학을 4월로 미뤘다. 전시를 방불케하는 초유의 사태가 일어나고 있다. 곧 백신이 개발되고 극복하리라는 낙관과 함께, 천재지변이랄 수 있는 이 상황이 만약 장기전이 될 경우, 새로운 재앙이 될 거라는 말들이 머리를 풀어헤친 귀신처럼 우리 주위를 떠돌고 있다. 이런 공포에 대해 오래 전 예견하고 해답을 제시한 작품으로 카뮈의 『페스트』가 있다.

프랑스령이었던 알제리 오랑에 페스트가 번지면서 도시가 봉쇄된다. 하루아침에 외부와 차단된 곳에서 삶과 죽음의 실존 앞에 내버려진 인간들이, 페스트와 맞서 싸워나가는 처절하고 참혹한 풍경이 펼쳐진다. 여기서 카뮈는 해석할 수 없는 부조리한 삶, 그 속에 만연한 불행과 인간의 존엄을 위협하는 재앙 앞에 인간은 어떻게 살아야 하는지 의사 리외를 통해 보여주고 있다.

"더 이상 개인의 운명은 없다. 오로지 페스트와 모두가 공유하는 감정들로 이루어진 공동체의 운명만 있을 뿐"이라는 말은 이제 더 이상 각자 개인의 힘으로는 이 위기를 극복할 수 없음을 인정하고 있다. 그리고 "다행히 명예롭게도 세상에는 선의를 가진 사람들이 생각보다 훨씬 많다는 것", "인간에게는 혐오할 부분보다 찬양할 부분이 더 많다는 것"이라는 문구에 가슴이 뭉클해진다. 벼랑에서 등 떠미는 사람보다 떨어진 사람을 끝내 포기하지 않고 구하려는 사람이 더 많다는 것과, 각자 자기가 잘나서 살아가는 것 같지만 '너'가 있어 '내'가 존재한다는 것을 우리는 '지금 오늘'에도 보고 있다. 위험과 고난의 시기를 극복할 수 있는 것은 서로 돕는 일뿐이며 서로 믿고 의지할 것은 결국 인간뿐임을, 우리는 뼈아프게 깨닫고 있지 않은가. 그리고 "페스트와 싸우는 유일한 방법은 성실성입니다. 내 경우에 그것은 나의 직책을 완수하는 것이라고 알고 있습니다"라는 주인공의 말에서 카뮈가 우리에게 하고픈 말이 무엇인지 알 수 있다.

카뮈는 『시시포스 신화』에서도 삶의 부조리를 극복하는 것은 성실성이라고 말한 것처럼, 『페스트』에서도 삶에 대한 성실한 자세만이 부조리와 재앙을 이겨내는 것이라고 말한다. 따라서 코로나가 아닌, 그 어떤 불행이 덮쳐온 대도 우리는 삶에 대한 긍정과 성실을 기억할 일이다. 책의 마지막은 지상에서 47년을 살다간 천재적인 작가 카뮈의 경고이며 예언이다.

"페스트균은 절대 죽지도 않고 소멸하지도 않는 것이고, 수십 년 동안 가구며 속옷 따위에서 자면서 생존할 수 있으며, 방이나 지하실과 트렁크와 손수건과 휴지 속에 참을성 있게 기다리고 있다가 아마도 언젠가는 인간에게 불행과 교훈을 주기 위해서 페스트가 다시 그 쥐들을 흔들어 깨워서 어떤 행복의 도시로 몰아넣고서는 그곳에서 죽게 할 날이 오리라는 것을."

소름이 오소소 돋는다. 쥐띠해인 경자년에 박쥐의 숙주인 바이러스가 몰려나오고 있다. 가장 문명이 발달하고 아름답고 행복하다는 도시들부터 감염이 시작되는 것을 보니 카뮈의 예언이 맞는 것 같다.

700년 전 작품인 『데카메론』과 70년 전 작품인 『페스트』에 묘사된 상황이 지금과 너무 흡사하다. 문명의 발달로 전 지구가 하나의 촌이 되어버린 지금이 더 위험할 수 있지만 의료기술의 발달로 극복능력도 높아졌다. 이제 운명공동체인 우리들은 각자의 성실함을 바탕으로 공존을 위한 인간애를 발휘하여 이 지구를 지켜내야 한다. 그리고 나면 제2의 르네상스가 탄생할지 어찌 알겠는가. 제2의 보카치오, 레오나르도 다비치, 미켈란젤로, 라파엘로 같은 거장이 나올지도 모른다. 또한 지금까지와는 전혀 다른 문화혁명이 오리라 기대된다. 부디 이 상황이 빠르게 진정되길 바라는 마음으로 오늘도 성실히 '자가격리' 중이다.

보들레르의 도시 파리에서

― 저주와 몰락으로 피어난 『악의 꽃』

보들레르는 한 권의 시집 『악의 꽃』으로 오늘날 '현대시의 시조'로 불린다. 그는 자신이 피워낸 악의 꽃으로 온갖 야유와 비난을 받으며 생의 마지막을 금치산자로 살다간 불행한 천재이다. 그에게 고향인 파리는 사색과 몽상의 원천이었으며 그의 영혼이 묻힌 곳이다. 그가 예술적 미에 대한 추구로 진저리치고 환희에 떨며 또 우울해했던 파리에서 나는 어디서나 그의 시선을 느꼈다. 어린 시절, 아버지와 자주 산책을 다녔다는 뤽상부르 공원에서도, 몽파르나스 묘지는 물론 에펠탑 꼭대기에 올라서도 짙은 페이소스로 가득한 그의 눈빛이 나를 따라다녔다. 1857년 프랑스대법원은 『악의 꽃』을 '공중도덕훼손죄'로 유죄를 선고한 이후 1949년에서야 유죄선고를 파기하고 복권시켰다. 오랜 세월 원망과 분노로 가득한 그의 생애가 내 마음 후미진 곳에 자리를 틀고 앉아 있었다.

8월의 파리는 초가을 날씨처럼 상큼했으나 어지러운 관광객의 물결이 몰고 다니는 소음과 분주함은 그의 산문시집『파리의 우울』을 떠올리게 했다. 승리감과 패배감을 매일같이 반복하면서 살아가고 죽어가는 일상의 삶, 그 자체의 운동성을 우울해한 보들레르는 근대를 살면서 '현대'에 닻을 내린 시인이었다. 시대를 앞서 살다간 불온한 영혼의 한숨이 들려왔다.

> 옛날의 파리는 이제 없네(아! 도시의 형태는 인간의 마음보다 빨리 변하는군)
>
> 파리는 변한다! 그러나 내 우울 속에서/ 무엇 하난 끄떡하지 않는다 (중략) 내 소중한 추억은 바위보다 무겁기만 하다
>
> — 시「백조le cygne」일부

19세기, 도시계획이 한창인 파리의 카루젤 광장을 지나며 보들레르는 옛날 파리의 모습을 그리워한다. 변해가는 도시의 모습에서 잃어버린 행복을 떠올리는 보들레르의 암울한 정서가 느껴진다. 그는 태어나 파리를 딱 세 번만 떠났다. 세 번째로 떠났을 때 성공하지 않으면 돌아오지 않겠다던 고향을 중환자가 되어 돌아와 죽어갔다. "내 인생은 처음부터 저주받았음에 틀림없습니다"라는 말로 자신의 인생을 '저주'와 연결시킨 시인이 가끔씩 말을 걸어왔다.

보들레르의 탄생과 성장

보들레르는 1821년 4월 9일, 뤽상부르 공원 근처인 오트페유(가) 26

번지에서 62세인 아버지 프랑수아 보들레르와 28세인 어머니 카롤린 사이에서 태어났다. 그는 부모의 나이가 34년이나 차이나는 출생부터 남달랐다. 귀족주의적이고 아마추어 화가였던 아버지는 환속한 사제로 보들레르에게 최초의 스승이며 그의 성격 형성에 큰 영향을 미쳤다. 그것은 그의 고전적 예술 취향이나 19세기 최고의 미술평론을 쓰게 된 것과 함께, 할아버지 같은 부친의 한없는 사랑과 추억으로 인한 의지박약에도 한몫을 했다. 그렇게 자상하던 아버지가 여섯 살 때 돌아가시고 어머니가 1년 6개월 만에 오픽 장군과 재혼하기 직전까지, 어머니와 하녀 마리에트의 아낌없는 애정과 보살핌 속에서 행복을 만끽한 것이 보들레르에게 평생 그리움과 회한의 정서로 자리잡게 된다.

그가 첫 번째로 파리를 떠난 시기는 1830년 그의 나이 15세였다. 의부인 오픽 장군이 산업도시인 리용으로 발령을 받게 되자 그를 따라 이주하면서 왕립중학교에 입학했다. 나폴레옹식 기숙학교에서 사제와 배우를 꿈꾸며 위고와 라마르틴의 시를 암송하던 그는 냉소적이고 섬세하며 품위 있는 소년이었다고 한다. 18세가 되어 의부의 뜻에 따라 파리대학 법대에 등록했지만 그것은 가족과의 헛된 협정에 불과했다. 그는 당시 '학문의 집'이었던 바이이 기숙사에서 문학청년들과 어울리며 사치와 무절제의 자유분방한 시기를 보낸다. 사춘기 때 가졌던 육체적 유혹에 대한 죄의식은 사라지고 내면의 쾌락과 악으로부터의 유혹을 과감히 받아들인 것이다. 그는 라틴가 근처에서 소녀들과 잦은 교제를 가지며 사팔뜨기 소녀 사라와의 첫 성경험으로 성병에 감염된다. 그리고 이즈음부터 시작된 독특한 댄디로서의 품위유지비로 낭비가 심해지자 가족들은 그를 바로잡기 위해 인도로 여행을 보낸다. 20세에 두 번째로 파리를 떠나게 된 것이다. 원치 않는 여행이었지만 9개월간의 항해는 그에게 자아발견의 기회와 문학을 향한 진로를 확고하게 해준 중요한 시간이 되었다. 열대 섬의 이국적인 풍경은 영원한 이상향으로 남게 되고, 검은 피부를 지닌 여인의 아름다움은 잔느 뒤발을 사랑하게 되는 계기가 되어 시 세계에 풍요한 이미지를 제공했다. 또한 이 시기 항해 중에 알바트로스라는 새를 잡아 선원들이 괴롭히는 것을 보고 쓴 시 「알바트로스」는 대중들에게 이해받지 못하고 괴로워하는 시인 자신의 모습이 투영된 그의 대표작이 되었다.

자주 뱃사람들은 장난삼아/ 거대한 알바트로스를 붙잡는다./ (중략) / 바닥 위에 내려놓자, 이 창공의 왕자들/ 어색하고 창피스런 몸짓으로/ 커다란 흰 날개를 늦대처럼/ 가소 가련하게도/ 질질 끄는구나// (중략) 한때 그토록 멋지던 그가 얼마나 가소롭고 추악한가!// (중략) 시인도 폭풍 속을 드나들고 사수를 비웃는/ 이 구름 위의 왕자 같아라./ 야유의 소용돌이 속에 지상에 유배되니/ 그 거인의 날개가 걷기조차 방해하네.

—「알바트로스」 부분

생 루이 섬과 보들레르

그의 불행한 인생에서 행복했던 시기라면 어머니가 재혼하기 이전의 어린 시절과 금치산자 선고를 받기 전 첫 독립거주지였던 생 루이 섬에서 일 것이다. 그의 영원한 사랑이었던 어머니 이외에 그가 평생 사랑하고 고통스러워한 여인 잔느 뒤발을 만났던 것도 이 시기이다.

그가 3년간 살았던 생 루이 섬을 향해 쉴리 다리를 건넜다. 센 강에 떠 있는 두 개의 섬은 마치 어미 거북과 그 뒤를 따르는 아기 거북 같은 모양을 하고 있다. 노트르담 성당, 경찰청, 고등법원이 있는 왼쪽의 큰 섬이 시테 섬이고 퐁 생 루이 다리와 연결된 오른쪽 작은 섬이 생 루이 섬이다. 생 루이 섬은 17세기 건축양식으로 지어진 차분한 고급 주거지역으로 파리지엥이 가장 살고 싶어하는 곳이다. 노천 카페, 살롱, 갤러리가 센 강 주변으로 흩어져 있는 한적하고 차분한 이 섬의 베팀 강변로 10번지가 보들레르의 첫 번째 독립 거주지였다.

1842년 4월 9일. 생부의 유산 10만 프랑을 상속받은 그는 고풍스럽고 검소한 단칸방에서 창작의 굳은 결심을 품고 성인으로서의 첫 발을 내디뎠다. 당시엔 쉴리 다리가 없어 배를 타고 통행료를 지불해야 했던 이곳은 돈 많은 상인이나 배우 같은 예술인이 살던 신비한 외딴 동네였다고 한다. 섬의 남동쪽 끝부분이었던 그의 셋집은 앙리4세 때 공사로 없어졌지만 그가 자주 다니던 강 건너편의 식당 '투르 다르장'의 빨간 깃발은 오늘날까지 펄럭이고 있었다.

그 당시 매일 루브르 미술관에 출근하다시피하며 무명화가였던 들라크루아에 열중한 그는 검은 연미복에 고운 천으로 지은 흰 셔츠, 새빨간 넥타이, 실크 모자, 엷은 장밋빛 장갑으로 단장한 젊은 댄디였다. 이후 베팀 강변로에서 바노 가로 이사한 1843년에 잔느 뒤발을 만나고 다시 그 해에 앙주 강변 17번지의 피모당 관으로 이사했다. 북쪽의 센 강이 바라다보이는 5층 건물의 17번지는 지금 파리시청의 영빈관으로 사용 중인 '로쟁 저택Hotel de lauzun'이다. 육중한 철문이 굳게 닫혀 있는 오른쪽 현판엔 보들레르의 흔적은 없고 로댕의 조수였던 카미유 클로델이 1899년부터 1913년까지 15년간 살았다는 글귀가 새겨져 있었다.

당시 루이14세식 사치의 절정을 보여주는 살롱이 있었던 그곳은 문학, 미술, 음악계의 유명인사들이 거주했으며 시인 테오필 고티에는 〈마약복용자 클럽〉을 만들어 발자크, 뮈세 등 당시 젊은 예술인이 거의 다 모여들었다. 보들레르는 이곳에서의 마약, 흡연 경험으로 시집 『인공낙원』의 모티브를 얻게 된다. 그는 다락방 아래인 4층에 거실과 작업실, 침실, 세 개의 방을 갖고 있었다. 문양이 새겨진 떡갈나무 침대, 궤 모양의 가구, 다리가 멋진 원탁, 이탈리아제 책상 등 사치스런 가구들로 가득 채우며 성년 이후 1년여의 생활비로 유산의 절반 이상을 써버리자 어머니는 가족회의를 열어 그에게 금치산자 선고를 내린다. 그의 끝없는 방랑과 저주받은 삶이 시작된 것이다. 이후로 파리에서 25년 동안 서른 번 이상 이사를 하게 된다.

저주받은 인생의 시작, 금치산자 선고

1844년, 그의 나이 22세 때 그는 다시 법적 미성년자로 전락했다. 법정후견인으로 앙셀이 지정되고 후견인의 허락없이는 한푼도 쓸 수 없는 족쇄가 채워진 것이다. 그의 분노는 하늘을 찔렀고 어머니를 향한 원망과 돈 걱정은 평생 그를 괴롭혔다. 또한 이 사건으로 자살을 시도하고 이로써 그는 자신의 진정한 젊음과 작별을 고했음을 유일한 중편소설인 「라 팡파를로」에서 그리고 있다.

『보들레르의 무덤』의 작가 피에르 장 주브는 보들레르를 '저주받은 시인'으로 만든 결정적인 요인은 법원의 금치산자 선고이며, 그를 불행하게 만든 골칫거리로는 빚, 신경질환, 잠복한 성병, 잔느, 앙셀이라고 했다. 17년이 지난 어느 날 어머니에게 보낸 편지를 보면 그 사건으로 인해 보들레르의 삶이 얼마나 충격을 받았는지 알 수 있다.

> 어머니의 저주스런 발명! 어머니의 너무 돈에만 사로잡힌 정신의 발명, 내 명예를 더럽혔고, 다시 늘어나는 빚 속으로 날 몰아넣었으며, 내 속의 상냥스러움을 송두리째 죽였고, 아직 미완성이었던 나의 예술과 문학자로서의 교육을 속박하기까지 한 그 모성의 발명. 맹목은 악보다도 더 큰 재앙을 만들죠.
>
> — 1861년 4월 1일

그는 당시 5만5천 프랑과 해마다 들어오는 연금 수입 2천6백 프랑을 합친 재산이 있었지만 죽는 순간까지 가난과 빚에 쪼들리다 재산을 남긴 채 비참하게 죽어갔으니, 그가 말한 '맹목이 더 큰 재앙'임을 부인할 수는 없겠다.

보들레르의 여인들

보들레르의 대표작인 『악의 꽃』과 『파리의 우울』에서 빼놓을 수 없는 것이 '잔느 뒤발'이다. 맨 처음 그를 라틴 가로 유인해 성경험을 가진 것도 흑백 혼혈 여인이었던 걸 보면 그에겐 유색인 쪽으로 끌리는 숙명적인 인자가 있는지도 모르겠다. 그것에 대해 보들레르 연구가들은 정신분석학에 의해 이렇게 말한다.

"보들레르의 리비도는 어머니에 대한 무의식이 지배하고 있으며, 그의 관능적 욕구의 근원에 있는 이 모성의 이미지로 인해 어머니를 연상시키는 백색 여인과의 관계가 그에게는 모성을 범하는 행위와 동일한 것으로 의식되었을 것이다. 그래서 그는 어머니와 정반대인 여인이 필요했으며, 이 해답과 맞아떨어지는 대상이 흑백 혼혈 여인 잔느 뒤발이었다."

검은 비너스라 불리는 그녀는 그로 하여금 기쁨의 절정과 슬픔의 밑바닥을 체험케 했으며 그에게 유례없이 독창적인 시를 쓰게 한 여인이었다. 육체적인 아름다움, 관능적인 기쁨과 동시에 악과 악마적인 감정들이 잔느를 통해 흘러나왔다. 한때 유일한 정부였던 그녀가 늙고 병들어 한낱 '불구자로 변해버린 미녀'로 전락했을 때도, 그는 죽는 날까지 그녀를 돌봐야 한다는 의무를 저버리지 않았다. 그가 다른 여인들과 만나면서도 잔느와 평생 관계를 이어간 것을 보면 잔느는 유일한 연인이며, 친구였으며 딸 같은 존재였던 것이다.

그러고 보면 보들레르의 여자 관계는 턱없이 미미하다. 그가 『인공낙원』의 헌사에 표시한 J. G. F.라는 여인은 아직까지 누구라고 확실히 밝혀지지 않고 있다. 그리고 마리 도브렁이라는 여배우는 이미 많은 남자들의 관심과 사랑을 받고 있던 마돈나로 보들레르에겐 세속적인 연인관계를 초월한 경외의 대상이었다. 또 한 명의 여인은 아폴로니사바티에로 예술가들 사이에서 일명 '여의장Presidente'으로 불리던 사바티에 부인이다. 벨기에 은행가의 정부였던 그녀는 화류계에 군림하면서 많은 작가들의 흠모를 받았는데 보들레르 역시 그녀를 천사, 순수함, 빛 등 천상의 존재로 시에 그리고 있다. 약 3년에 걸쳐 그녀에게 보낸 익명의 시와 편지는 『악의 꽃』 소송사건을 계기로 그 주인공이 드러나고, 청년 시인의 순수한 열정에 감동받은 그녀가 그에게 모든 것을 허락했을 때는 오히려 보들레르의 열정이 시들어버렸다고 한다.

마지막이자 결정적인 저주가 된 벨기에 행

〈1845년 미평전〉과 〈1846년 미평전〉은 그를 일약 최고의 미학가로 부상시키고 에드가 알렌 포의 번역가로도 이름을 날렸다. 그러나 대부분의 사람들은 해골, 시체, 흡혈귀 같은 노골적인 표현과 악을 찬미하는 듯한 시집 명, 대담한 필화사건의 장본인 정도로만 알았을 뿐, 당대에는 소수의 혜안을 가진 자들만이 그에게서 현대시의 태동을 보았을 뿐이었다.

그의 나이 42세 때 파리에서의 혐오스러운 삶을 떨치고 시인으로서의 존엄성을 찾기 위해 세 번째로 파리를 떠난 벨기에 행은 그를 '저주받은 시인'으로 만드는 마지막이자 결정적인 저주가 되었다. 그곳에서의 강연과 출판이 실패로 끝나면서 36세 때부터 시작된 지병으로 쓰러진 그는 반신마비와 실어증을 보이며 어머니의 부축으로 파리로 돌아온다. 그리고 기이하게도 잔느 뒤발이 아니라 '뒤발' 박사가 지도하는 병원에서 13개월에 걸쳐 서서히 죽어갔다.

고티에(1811~1872)는 『악의 꽃』을 이상에의 갈망, 배반과 반역, 우울과 무상, 퇴폐와 신성 등의 무수한 모순을 집대성한 하나의 우주라고 보았다. 보들레르는 어머니에게 보낸 편지에서 "『악의 꽃』은 차디차고 불길한 아름다움으로 덮여 있습니다. 어머니, 이 책은 분노와 인내 속에서 만들어졌습니다"라고 썼다. 분노와 인내로 피어난 악의 꽃이라니! 자신의 '이중성'을 철저하게 파헤쳐 고백하는 보들레르는, 무식한 대중과 천박한 부르주아를 경멸하고 완벽을 향한 엄격한 자기 감시로 실력을 갈고 닦은 시인이었다. 미치광이처럼 살았으나 인간에 대한 뜨거운 존엄성으로 누구보다도 높고 외로웠던 사람. 그것을 보여주는 시다.

왜냐하면 주여/ 오랜 세월을 구르고 굴러/ 영원한 당신의 가장자리에 와서 죽는/ 이 뜨거운 눈물은/ 우리의 존엄성에 대한/ 우리가 할 수 있는/ 가장 훌륭한 증명이기 때문입니다.

—「등대」 마지막 연

악과 고통, 고독과 저주를 대담하게 직시하며 선과 악의 이분법적 사고를 넘어 상징과 예술성의 미학을 세운 보들레르. 가난과 절망, 사람들의 냉대와 법원의 유죄판결에도 굴하지 않고 악의 꽃으로 피어난 시인. 문학의 현대를 열어젖히며 '시의 운명'에 오늘날까지 지대한 영향력을 발휘하고 있는 그의 우울을 따라 파리를 걸었다. 그가 그토록 사랑했던 도시의 하늘 위로 구름은 여전히 찬란하게 펼쳐져 있다.

"나는 구름을 사랑하오… 저기… 저기… 저쪽으로 지나가는 구름을… 저 찬란한 구름을!" 구름이 만들어내는 신비함에서 무덤 저쪽에 존재하는 찬란함을 꿈꾼 시인은 지금쯤 '삶의 혐오감'을 내려놓고 찬란한 잠을 자고 있을까. 생전에 자신보다 더 오래 살아남을 것이라 예언했던 『악의 꽃』을 그의 무덤 위에 올려놓는다. 몽파르나스 묘지를 나서는 내 목덜미로 한낮의 권태를 품은 바람이 스쳐간다. 저기… 저쪽 구름 속에서 카르자가 찍은 사진 속 보들레르의 눈빛이 마지막으로 내게 말을 걸어왔다.

"영혼이 무덤 뒤에 놓인 찬란함을 엿볼 수 있는 것은 시에 의해 시를 통해서이며, 음악에 의해 음악을 통해서이다"라고.

4부

폴란드를 떠나며

― D씨에게

잘 지내시나요?

이곳은 "폴란드 망명정부의 지폐 같은" 낙엽이 구르는 바르샤바입니다. 끝내 조국 땅을 밟지 못한 쇼팽의 슬픈 음표가 매달린 하늘 아래, 로자 룩셈부르크(1871. 3. 5. ~1919. 1. 15. 폴란드 출생. 혁명가)의 피어린 절규를 한 움큼씩 쥐고 있는 듯 사람들의 발길이 무겁습니다. 아니, 늦가을 정취에 한껏 쓸쓸한 제 마음이 시선에 무거운 추를 매단 듯합니다. 폐허 속에 재건된 도시가 태연하게 슬픔을 감추고 있는 것처럼 보이거든요. 이곳은 '또 하나의 파리' '북부의 파리'라 불리며 아름다움을 자랑하던 도시였지요. 그랬던 곳이 제2차 대전 중 독일군에 의해 철저히 파괴되었고, 벽돌 한 장까지 온 국민의 손으로 다시 일으켜 세웠다고 하는군요. 그들의 처절함이 들려오는 거리에 곱게 내려앉은 가을이 쓸쓸한 것은 당연한 일일 겁니다.

D씨! 지구상에 비극 없는 땅이 있겠습니까마는 이곳은 유럽에서 절

대 비극의 땅이라 여겨집니다. 1795년부터 1918년 독립할 때까지 123년 동안 수많은 봉기와 독립전쟁으로 피 흘려 지킨 나라였지요. 그런데 그 망국의 세월을 견뎌온 그들에게 그토록 잔인한 20세기가 올 줄은 아무도 몰랐을 겁니다. 모든 부패와 타협을 거부하며 국가를 초월한 혁명을 외치던 붉은 로자(로자 룩셈부르크)의 피가 흐르는 이곳은 유대인, 신교도, 이슬람교도들의 안전지대였지요. 모든 민족을 끌어안는 다민족, 관용의 도시였기에 이곳에 유대인이 그리 많았던 거구요. 열강의 틈에 끼인 지리적 위치가 비극을 더욱 가중시켰지만 이름만으로도 광기가 전해지는 히틀러와 나치, 그들이 저지른 가장 잔혹한 참상이 이 땅에서 일어났다는 것에 대해 우리는 모두 빚진 자들입니다.

D씨! 세상이 불공평하면서도 공평한 것은 이런 것들 때문일지도 모르겠습니다. 이 비극의 땅이 그토록 아름다운 선율을 작곡한 쇼팽의 나라이고, 지동설을 주창한 코페르니쿠스의 고향이며, 노벨상 2개의 주인공 퀴리 부인과, 세계적인 시인 심보르스카의 조국이라는 사실 말입니다. 그 외에도 『쿼바디스』를 쓴 헨리크 시엔키에비치, 노벨평화상을 수상한 바웬사 대통령 등 8개의 노벨상을 수상한 나라라는 것이 그나마 위안이 되는군요. 대부분 값진 열매는 핍박과 고난의 시간을 딛고 자란다고 합니다. 그들의 슬픈 역사 속에 빛나는 인재들을 품어왔나 봅니다. 그런 생각에 조금 가벼워진 마음으로 쇼팽의 생가가 있는 젤라조바 볼라로 향합니다.

마치 오선지에 놓인 음표 같은 이름의 젤라조바 볼라는 바르샤바에서 서쪽으로 1시간 거리에 있는 작은 마을입니다. 마로니에, 상수리, 소나무, 참나무 등의 활엽수와 침엽수가 숲을 이루고 있는 곳에 두 개의 4분 쉼표 같은 하얀 이층집이 보입니다. 입구의 쇼팽 전시관부터 박물관인 집을 포함한 전체 면적이 수십만 평에 이르는 아름다운 공원이네요. 집 현관 앞에는 수시로 연주회가 열리는 듯 방청석이 마련되어 있고, 〈녹턴〉 음표가 떠다니는 정원 곳곳에 쇼팽의 조각상이 있어 마치 쇼팽이 곁에 있는 듯 느껴집니다. 도시의 가을이 쓸쓸하고 침울했다면 이곳의 가을은 우아한 귀부인의 비단 드레스 자락처럼 환상적인 아름다움과 최고의 기교가 어우러진 화려함입니다. 마치 노련한 화가의 붓끝으로 완성된 한 폭의 그림처럼 완벽한 풍경이 거기에 놓여 있더군요. 너무 아름다우면 슬프다고 했던가요? 신음처럼 새어나오는 탄성을 머금은 채, 정원을 가로지르는 강을 건너 숲 속 공연장에 앉아 쇼팽을 생각합니다.

그는 1810년 3월에 이곳에서 태어나 20세에 정치적으로 혼란스런 폴란드를 떠나 프랑스로 망명했지요. 늘 조국 폴란드를 그리워하고 돌아오고자 수없이 시도했지만 러시아정부가 그의 귀국을 허락지 않았습니다. 폴란드의 상징이 된 쇼팽이 돌아오면 그들의 독립운동에 기름을 붓게 될까 두려웠던 게지요. 쇼팽은 독립의 염원을 담아 〈혁명 에튀트〉를 작곡하고 그 연주회 수익금을 독립자금으로 내놓았답니다. 1849년 10월 그는 39세의 나이로 숨을 거두며 이런 말을 남겼습니다. "내 몸은 파리에 있지만 내 영혼은 조국 폴란드와 늘 함께 했어. 내가 죽으면 폴란드에 묻어줘." 그의 주검을 파리 페르라쉐즈 공원에 묻을 때 폴란드에서 가져온 흙을 뿌려주고 그의 누이 루드비카는 쇼팽의 심장을 적출해 알코올에 담아 폴란드로 가져왔습니다. 그리고 바르샤바대학 앞 성십자가 성당에 안치하게 됩니다. 성당 안 순백의 대리석 기둥에 쓰여 있던 "여기 쇼팽의 심장이 있다"는 글귀는 단순한 기록이 아니었습니다. 쇼팽의 뜨거운 조국애와 그를 사랑하는 폴란드 국민의 애끓는 독립심이 합쳐진 횃불 같은 함성이었습니다. 세계적인 피아니스트이며 작곡가인 쇼팽의 위대함은 바로 여기에 있는 게 아닐까요. 감각적인 아름다움과 고전적인 순수함을 담은 〈즉흥 환상곡〉이 낙엽처럼 흐르는 정원에서, 쇼팽을 통해 한 인간의 삶을 결정짓는 무수한 것들을 생각해봅니다.

D씨! 이제 드디어 제가 왜 이 땅에 왔는지 밝혀야 할 때가 된 것 같군요. 한동안 내 삶에 금기어는 '아우슈비츠'였습니다. 단어를 떠올리는 것만으로도 골수에 통증이 오고 불시에 심장을 조여오는 고통을 감당할 수 없었으니까요. 영화 〈아우슈비츠〉, 〈쉰들러 리스트〉, 〈피아니스트〉, 〈인생은 아름다워라〉 등을 통해 나치의 만행을 인식하는 것만으로도 충분히 고통스러웠습니다. 아우슈비츠를 보고 싶지 않았던 것은 마치 내 남자의 연인을 확인하고 싶지 않은 그런 이율배반의 심정이랄까요. 그런데 말이에요. 가끔 모든 것을 다 까발리고 뒤집어서 먼지 탈탈 털어내며 확인하고 싶을 때가 있더군요. 그래 얼마나 고통스러운지 보자. 그래서 내 심장이 파괴되는지 보자 하는 오기 같은 것

말입니다. 그런데 이 부분에 이르니 당신에게 말하는 것조차 힘들어지는군요. 하아.

아우슈비츠로 가는 길부터 나는 내 영혼이 수용소로 끌려가는 기분입니다. 길게 이어지는 음산한 나무 숲길을 지나 수용소 입구에 도착하니 노란 앉은뱅이 꽃잎을 단 꽃이 가득 피어 있는 꽃밭이 있네요. 참척과 죽음의 입구에 희망을 뜻하는 노란 꽃이라니…. 마치 세월호 나비 리본들이 날아와 앉은 듯 노랑으로 일렁이는 꽃밭을 누가 왜 이곳에 만들었을까를 생각하며 수용소로 들어섭니다. 마치 성지를 침범한 자에게 퍼붓는 공격처럼 진눈깨비 섞인 비바람이 거세게 몰아치는군요. 눈을 뜨기 힘든 황량한 벌판을 걷는데 청색 줄무늬 홑겹 죄수복을 입고 이곳을 걷던 자들이 오버랩되며 갑자기 더워졌습니다. 머리부터 둘둘 말았던 스카프를 벗어버렸지요. 너무 추워서 대소변을 보려고 앉은자리에 살점이 떨어져 나갔다는 화장실과, 괴로움에 손톱으로 긁은 자국이 남아 있는 가스실과, 그들의 주검을 나무토막처럼 태웠던 소각장들을 보았습니다. 누군가 손톱으로 내 가슴 벽을 긁는 것 같았어요. 너무 아름다워서 눈물이 나는 곳과 너무 아파서 눈물도 안 나는 곳이 이렇게 같은 하늘 아래 놓여 있는 것, 그것이 바로 '현실'이겠지요. 길게 누운 철도 위에서 유대계 학생들이 그들의 국기를 들고 사진을 찍고 있는 모습을 봅니다. 그들은 교육기간 동안 2번 이상 이곳을 방문한다는군요. 발랄한 그들의 모습 속에 무서운 깊이로 자리하고 있을 조국애를 떠올리며 그들만이 아닌, 세상 모든 이들이 잊지 말아야 할 곳, 잊어선 안 되는 곳이 바로 여기라는 생각을 해봅니다.

D씨! 제가 이곳에 오길 잘했다고 생각한 것은 바로 미루나무 때문입니다.

수용소 곳곳에 심어져 높이 자란 미루나무를 누가 심었는지는 모른다네요. 그런데 미루나무의 뜻이 이곳에선 '용서'라고 합니다. 우연일까요? 아니면 신의 장난일까요? 인간의 존엄성을 완전히 뭉개버린 장소에 '용서'의 깃발을 흔들며 서 있는 저 나무들을 처음엔 모두 베어버리고 싶었습니다. 모든 것을 용서하고 용서받은 듯한 태연한 모습이 얼마나 괘씸하던지요. 진정한 용서는 상대방이 하는 것 아닌가요? 떠나고 없는 그들에게 어찌 용서받을 수 있을까요. 한 맺힌 원혼이 떠도는 하늘을 향해 울분을 터트리다 숨을 고르고 보니, 이것은 남은 자에 대한 메시지가 아니라 원혼을 위로하는 몸짓이라고 여겨지더군요.

그래요. 용서하는 영혼만이 새로운 하늘을 향해 가는 거라는 생각이 들었습니다. 받아들이고 다시 흘러가는 것, 그것만이 다시 살 길인지도 모른다고. 미루나무가 옳다는 생각에 시선을 떨굽니다.

그러나 "분노는 정의를 향한 영혼의 능력"이라고 한 플라톤, "마땅히 분노해야 할 일에 분노하지 않는 것은 중용을 지키지 않는 일"이라고 한 아리스토텔레스, "분노는 한 사회의 건강함을 포착할 수 있는 일종의 바로미터"라고 지적한 작가 손병석, "거룩한 분노는 종교보다도 깊다"고 한 시인 변영로의 말을 떠올려봅니다. 원혼을 달래는 것은 미루나무에게 맡기고 우리는 그들의 만행을 절대 잊어서는 안 됩니다. 시베리아 벌판처럼 차고 거센 바람이 부는 곳에 서서 아직 용서하지 못하고 떠도는 영혼들을 위한 기도를 올립니다. 어서 용서하고 편히 잠들라고.

돌아서 나오는 길, 추위 속에 피어 있는 노란 꽃밭을 다시 봅니다. "두 번은 없다"는 심보르스카의 시구가 떠오릅니다. 희망을 갖기로 했습니다. 우리가 저들을 기억하는 한, 두 번 다시 이런 비극이 일어나지 않을 거라고 말이에요. 인간이되 인간이지 않았던 그들 생각에 여전히 쓰린 가슴을 안고 발길을 돌립니다.

D씨! 가을이 그 사이 푹푹 깊어져 발목이 시립니다. "폴란드 망명정부의 지폐" 같은 낙엽을 밟으며 이제 폴란드를 떠나려 합니다. 머지않아 이 땅에 찬란한 봄이 오리라 믿으며 내가 떠나온 곳으로 돌아가 거룩한 분노를 이어가려 합니다. 태양도 울분을 삭이지 못했는지 붉은 울음을 쿨럭 쿨럭 쏟아내고 있는 하늘가로 쇼팽의 〈발라드 1번 G마이너〉 선율이 흐르는군요.

그대여….

그럼 이제 안녕….

아폴로 코스트 해안선을 따라

"잘 있어라 등대여 라 라 라 라~ 잘 있어라 바다여 라 라 라 라~ 페드라~ 페드라~."

알렉시스의 처절한 절규가 귓가에 맴도는 '아폴로 코스트' 해안도로를 달린다. 바흐의 토카타와 푸카 선율이 흐르는 자동차는 앞에 오는 트럭과 충돌하여 바다로 추락했다. 금기를 깬 사랑의 끝은 죽음이었다. 사랑도 죽음도 삼켜버린 지중해 바다 표면을 늦은 오후의 햇살이 어루만지며 하얗게 웃고 있다. 소철나무와 측백나무가 듬성듬성 보이는 척박한 산등성이와 달리 오른쪽으로 펼쳐진 바다는 마치 푸른 초원에서 양떼들이 뛰어노는 듯 생명력이 넘친다. 휘어진 도로 끝에 나타나는 반도의 검은 자락과 섬들은 마치 신화 속 주인공처럼 역동적이다. 아테네에서 수니온 곶까지 65킬로미터, 세계적으로 일몰이 아름다운 해안도로로 손꼽히는 길 위에서 밀바의 음악을 듣는다.

"나는 믿어요 영원 속에서 나를 생각해주고 나를 잊지 않을 그 누군가가 있다는 것을/ 나는 알아요 이 하늘보다 더 높고 넓은 영원 속에 작은 마음이 살아 있다는 것을."(〈눈물속에 피는 꽃〉)

낮게 흐르는 구름들과 피어오르는 구름들 사이로 영화 같은 삶의 한순간이 흘러가는 것을 본다. 사랑했던 사람이 변치 않고 돌아오리라는 믿음과 그것은 영원하다는 가사에 코끝이 매워진다. 영원한 것은 없다고 가르쳐준 세월이 은빛 물결 위에서 춤추고 있다.

이 길은 아테네 왕 아이게우스가 아들 테세우스를 맞으러 갔던 길이다. 크레타 섬의 미노타우로스를 처치하고 살아 돌아오면 흰 돛을, 아니면 검은 돛을 달고 오기로 아들과 약속된 수니온 곶으로 가면서 왕은 저 바다를 향해 간절히 기도했을 것이다. 하얀 돛을 달고 살아 돌아오길 바라는 아비의 기원이 먼 수평선을 따라 까마득한 우주로 이어졌을 것이다. 아이게우스가 살아 돌아오지 못한 이 길을 따라 1940년대 후반, 그리스 불멸의 저항음악가 미키스 테오도라키스는 악명 높은 마크로니소스 섬에 갇히기 위해 끌려갔었다. 그는 독일 나치 점령 아래에선 민족인민해방군으로, 군부독재 시기엔 좌파 지식인으로 독재에 저항했다. 〈기차는 8시에 떠나네〉, 〈그리스인 조르바〉, 〈페드라〉 등 주옥같은 음악을 작곡한 사람, 그가 마크로니소스 섬에서 지독한 고문을 당하며 바라보았을 지중해가 그때 더 푸르게 멍들었을 것이다.

또 이 길은 영화 〈페드라〉의 촬영지이다. 그리스 국민배우 멜리나 메르쿠리와 안소니 퍼킨스가 주연하고 미키스 테오도라키스가 음악을 담당한 이 영화는 그리스신화를 바탕으로 만들어졌다. 페드라는 그리스어로 '파이드라'이고, 파이드라는 수니온 곶으로 살아 돌아온 테세우스의 새 아내이다. 테세우스와 전처 사이에 낳은 아들 히폴리토스를 짝사랑한 파이드라가 자신의 사랑을 무시하는 의붓아들에게 복수하는 비극이다. 신화와 달리 영화는 새 엄마와 아들이 처음부터 불 같은 사랑에 빠지는 것으로 나온다. 그러다 남녀 간의 사랑의 본질을 말해주듯 아들은 냉정을 되찾고 자신을 놓아달라고 하지만 사랑에 눈 먼 새 엄마는 함께 파멸의 길로 이끈다. 사랑엔 국경이 없다, 사랑엔 죄가 없다는 말이 무색해진다. 심술난 신들이 부리는 운명의 장난에 속수무책인 인간의 욕망, 그 무모함과 나약함 앞에 감춰둔 비밀을 들킨 듯 참담한 기분이 들었다. 모든 명예와 부귀를 버리고 사랑에 목숨 건 여인 페드라를 나는 미워할 수 없었으니까. 어떤 형벌도 두려워 않고 사랑에 모두를 건다는 것은 얼마나 대단한 용기인가. 인간이 만들어놓은 금기에 걸려 신조차 허락지 않음을 증명하듯 희생과 복수로 이어지는 비극적인 사랑, 그 지독한 열망이며 황홀한 독약에 스러져 간 영혼들이 구슬프게 노래하는 해안선 길을 달려간다.

아티카 반도의 땅끝 수니온 곶에 도착하니 에머랄드 빛 에게해가 드넓게 펼쳐 있다. '아이게우스의 바다'라는 뜻의 에게해를 향해 호령하는 듯 서 있는 포세이돈 신전의 위용에 압도당한다. 아테네의 해상 전초기지였던 이곳에 바다의 신 포세이돈을 섬기는 신전은 당연한 것이리라. 장엄한 듯, 그러나 여기저기 흩어진 잔해들로 쓸쓸한 신전 마

당에서 아이게우스를 생각한다. 테세우스의 실수인지 비극적 운명의
필연인지, 검은 돛을 달고 오는 배를 확인한 왕은 아들이 죽었다는 슬
픔을 못이겨 바다로 뛰어든다. 신탁으로 태어난 용감하고 위대한 아
들 테세우스는 자신의 아버지를 죽음으로 내몬 장본인이다. 그가 이
곳에서 죽은 아버지를 발견했을 때의 심정은 어떠했을까. 그래서일
까. 이곳의 바람은 차갑지가 않다. 슬픔이 고여 있기 때문인가 보다.
'ㄱ'자로 꺾인 기둥 하나에는 시인 바이런 이름이 희미하게 새겨져 있
다. 수백 년 전에 새겨진 이름을 보고 환호하면서도, 신성한 신전 기둥
에 자신의 이름을 새긴 것을 용기라 해야 할지 오만이라 해야 할지 모
르겠다. 이곳에서 죽는다면 그 어떤 죽음도 '장엄'이라는 수식어를 달
것만 같은 반도의 끝, 그가 이곳을 다녀가고 쓴 시다.

> 수니온의 대리석 절벽 위에 나를 올려놓아다오.
> 파도와 나 이외에는 아무것도 없어, 우리 서로의
> 속삭임이 서로 휩쓸려 가는 것을 들을 수 있는 그곳에.
> 거기서, 백조처럼, 노래하면서 죽게 해다오.
> 노예들의 나라가 결코 나의 나라가 될 수 없으리.
> 사모스 포도주의 저 술잔을 내팽개쳐라.
>
> ―「수니온 가는 길」

신전으로 올라가는 길에 있는 카페는 옛날 아테네 신전이 있던 곳
으로 추정한다. 선박왕 오나시스와 재클린 케네디가 와서 커피를 마

셨다는 카페에 앉아 에게해를 바라본다. 누군들 오지 않았겠는가만은 그 앞에서 보이는 길게 누운 섬이 마크로니소스 섬이라는 것은 누구도 굳이 알려주지 않는다. 시대의 비극을 증명하고 있는 섬을 향해 테오도라키스의 건강을 빌며 수니온 곳을 떠난다. 석양 시간에 맞춰 아테네로 향하는 차편에 몸을 싣는다.

밀바의 노래가 흐른다. "카타리나행 기차는 8시에 떠나네…. 함께 나눈 시간들은 밀물처럼 멀어지고 이제는 밤이 되어도 당신은 오지 못하리"(〈기차는 8시에 떠나네〉)

독재와 억압에 저항하는 투사 애인을 떠나보낸 여인의 슬픔이 애절한 선율에 실려 금빛 물결 위에 흐른다. 자유를 위해 흘렸을 이 세상 모든 고난과 억압의 피와 눈물이 하늘 가득 번져 있다. 휘어진 도로를 유연하게 돌아설 때마다 트럭이 나타날까 조바심이 난다.

새 어머니와의 사랑이 들통난 아들 알렉시스는 아버지에게 얼굴이 찢어지는 구타를 당하고 쫓겨나 이 도로를 달리며 울부짖었다.

"그래, 페드라는 나를 사랑했어. 나는 이제 고작 스물네 살이야. 스물네 살이라구!" 충실한 종교 음악가인 바흐를 비웃듯 금기된 사랑을 긍정하며 그는 바흐의 음악에 볼륨을 높였다.

라~라~라~라~라~페드라~페드라~.

그의 차 앞에 커브를 돌아선 트럭이 달려들었다. 그리고 윤리와 금기의 경계에서 죽음으로 꽃을 피운 사랑은 산산이 부서져 지중해 물결 위로 흩어졌다. 억겁의 세월 동안 신화에서 역사까지, 삶에서 죽음까지, 묵묵히 지켜낸 바다를 끼고 달리는 길. 누구는 살아서 돌아간

길, 누구는 죽어서 실려간 길, 수니온 곳에서 아테네까지 65킬로미터. 그 아폴로 코스트 해안도로를 내 삶의 한 장면에 끼워넣는다.

가면

베네치아 산마르코 광장 근처의 좁은 골목길엔 유난히 가면가게들이 많다. 반짝이는 금박과 은박, 화려한 색상의 깃털과 보석으로 장식한 갖가지 가면들은 모두가 그대로 예술작품이다. 그 상점 앞에서 나는 무엇에 홀린 듯 움직일 수가 없었다. 한 명 한 명 살아 있는 사람처럼 영혼이 깃들어 있는 것 같기도 하고, 내가 손을 내밀면 스르륵 움직일 것 같기도 했다. 나를 부르며 말을 걸어올 것도 같고, 내가 쓰고 있는 가면 뒤의 속내를 들킨 것 같아 거북스럽기도 했다. 불편한 진실을 은폐하려는 듯 필요 이상으로 치장한 가면들이 어찌나 아름다운지 넋을 잃고 말았다.

베네치아에 화려한 가면상점이 많은 것은 '베네치아 카니발' 때문이다. 13세기 베네치아공화국은 사순절 전에 실컷 먹고 즐기기 위해서 신분과 지위 고하를 감추는 도구로 가면을 쓰게 했다. 그것은 점잖은 귀족에겐 마음놓고 망가질 수 있는 자유를, 평민에겐 귀족과 동등하게 어울릴 수 있는 기회를 주는 효과적인 장치였다. 그러나 민낯으로는 할 수 없는 말과 행동이 지나쳐 방탕의 수준에 이르자 1658년에 가면축제를 금지하게 된다. 신神 중심의 사회에서 억눌린 인간의 욕망이 건전하게 분출되기란 쉽지 않았을 거다. 가면 뒤에 숨어 자유와 평등의 기회를 방종으로 악용한 경우이다. 그러다 현대에 이르러 1979년, 베네치아 가면축제는 다시 부활하여 지금은 세계 3대 축제 중 하나로 꼽히고 있다.

베네치아의 가면처럼 화려한 가면을 착용한 TV 프로그램 〈복면가왕〉을 나는 좋아한다. 모두 가면을 쓰고 노래를 한다는 것이 이 프로의 매력이다. 얼굴에서 기존의 선입견이나 편견이 있게 마련인데 이름을 감추고 가면을 쓰니 온전히 노래 실력으로만 평가된다. 부르는 사람도 노래에 집중하게 되어 평소보다 나은 실력을 발휘하게 되고, 시청자는 오롯이 노래에 집중함으로써 노래의 깊은 맛을 감상하는 일석이조의 기회다. 가면을 쓰고 노래를 한 후 실력만으로 평가를 받게 된 그들은 자신감을 회복하고 감동의 눈물을 흘리며 행복해한다.

그 중 오랜 무명의 세월을 털어내고 인기 가수 반열에 오른 사람들을 보면 나도 덩달아 눈시울이 뜨거워진다. 그동안 '가면'이라 하면 뭔가 속이려는 의도가 느껴져 불신했던 편견이 있었는데, 현상만으로 공정한 평가를 받을 수 있는 가면의 또 다른 기능을 발견한 것이 신선하게 다가온다. 이런 프로를 통해 그동안 세상 곳곳에 선입견이 지배했던 '편견'이라는 부당한 시각도 더욱 개선되었으면 좋겠다.

가면의 기본 기능은 무엇보다 '감춤'일 것이다. 더 아름답기 위해서라거나 나만의 개성을 위해 쓰는 가면뿐 아니라, 집단사회에 있어 규범과 역할을 수행하기 위해 쓰는 가면, 우리는 그런 가면을 쓴 페르소나로 존재한다. 그래서 내겐 가면이 무언가를 감춘다, 포장한다는 추상명사로 더 익숙하다. 착한 아이, 공부 잘하는 학생, 성실한 직원, 자애로운 엄마, 현명한 아내, 친절한 이웃, 좋은 친구가 되기 위해 장소와 때, 상대방에 따라 우리는 가면을 바꿔 쓰며 살아간다. 본질과 전혀 다른 가면은 아니지만 의상에 따라 장신구를 바꾸듯 적당한 치장과 꾸밈을 필요로 한다. 따라서 거친 민낯을 그대로 드러내는 사람을 만나면 신선하기도 하지만 때론 불편할 때도 있다.

그런대로 나의 본질에서 크게 벗어나지 않고 역할을 잘 해준 가면들이 있는가 하면 정말 쓰고 싶지 않은 괴로운 가면도 있었다. 은행에 출근하던 20대에서 30대까지, 은행 문을 들어서는 순간부터 나와는 다른 가면을 써야 했던 우울한 날들이 떠오른다. 혼자 있길 좋아하고 내성적인 나는 사람들과 웃고 얘기하는 일이 어려웠다. 그런 나를 감추고 모든 사람들에게 먼저 웃고 상냥하게 인사해야 하는 것이 무척 힘들었다. 퇴근할 때면 등 뒤에서 닫히는 철문 소리가 지옥문처럼 여겨졌다. 그제야 가면을 벗고 '나'로 돌아가는 시간에 느낀 해방감과 행복감은 또 다른 우울이었다.

"나는 내가 존재하지 않는 곳에서 생각한다. 그러므로 나는 내가 생각하지 않는 곳에서 존재한다"는 라캉의 말을 웅얼거리며 내가 원치 않는 가면 속으로 함몰되지 않으려 발버둥쳤던 시절이었다. 그래도 형식이 내용을 주도한다고 했던가. 그 가면에 맞는 역할을 오래 수행하다 보니 내면의 우울이 많이 희석되고 오히려 외향적인 성격으로 바뀐 것 같기도 하다. 그래서 인생에는 무익한 것이 없다고 하는가 보다.

　가면을 써야 할 때와 벗어야 할 때가 있다. 오롯이 '나'로 돌아가는 시간, 혼자만의 시간엔 가면을 벗고 나의 맨 얼굴을 본다. "모든 생각이 끊어진 대자유의 시간에 나는 비로소 존재한다"는 라캉의 말을 떠올린다. 본래면목에 집중한다. 비뚤어진 고집, 거친 생각, 불안한 욕망들이 풀처럼 눕는다. 아무런 가면 없이 모든 역할을 무난히 수행할 수 있을 때, 비로소 인생은 연극이 아니라 '삶'으로 주어지는 것이 아닐까. 베네치아에서 만난 가면들 중 하나가 이렇게 말하는 걸 들은 것 같다.

　"가면을 벗어!"

폼페이에서 만난 이카루스

뜻밖에, 뜻밖의 만남이 있다.

막걸리주점에 전시되어 있던 추상화를 보았을 때, 이름 없는 작가 북콘서트에 초대 손님으로 와 있던 유명 배우를 만났을 때, 출국심사대에서 옛 애인과 마주쳤을 때, 어느 날 펼친 책 속에서 고민하고 있던 문제의 해답을 찾았을 때처럼. 향락과 유흥으로 타락한 도시에 추락한 욕망의 아이콘 이카루스와의 만남도 그랬다.

비가 부슬부슬 내리는 유적지를 쓸쓸한 마음으로 걷다가 마주친 검푸른 청동의 조각상들은 괴이함과 당황스러움으로 나의 시선을 붙잡았다. 온전한 것이라고는 없는 고대 도시에 한 쪽 날개가 완전히 떨어져 나갔거나 날개의 끝 부분이 잘려나간 추락자의 모습으로, 얼굴 없는 몸통에 부서진 날개만 남아 있는 패배자의 모습으로, 성적인 욕망만 남은 타락자의 모습으로 이카루스가 와 있었다. 아버지 다이달로스의 경고를 잊고 태양 가까이 갔다가 밀랍으로 만든 날개가 녹으면서 추락한 이카루스는 절제하지 못한 인간이 지닌 불행의 한 단면이다.

폼페이 유적지에 전시된 이카루스는 폴란드 조각가 이고르 미토라이(1944~2014)의 작품이다. 그는 고전과 그리스신화에서 소재를 선택하여 신화 속 남성의 몸을 현대적 언어로 표현했다는 평가를 받고 있다. 그가 폼페이에서 이카루스를 통해 말하고 싶었던 것은 무엇이었을까.

서기 79년 8월 24일, 베수비오 화산 폭발로 지구상에서 없어졌던 도시 폼페이는 지난 1549년, 우물을 파던 농부에 의해 세상에 모습을 드러냈다. 4미터의 화산재로 봉인되었던 도시는 1748년부터 본격적인 발굴작업을 시작해 현재 절반 정도 실체를 드러낸 절반의 도시이다. 도시 인구 전체가 들어갈 수 있는 원형극장, 소 경기장, 소극장, 공회장, 방 10개의 매춘굴, 빵집, 목욕탕, 공중화장실 등을 보면 지금 우리네 삶과 크게 다르지 않다.

유적지에서 손에 잡힐 듯 버티고 서 있는 베수비오 화산은 1차 폭발로 경고를 했고 그때 많은 사람들이 떠났다고 한다. 2차 폭발로 도시와 함께 지하에 매몰된 사람들은 명예와 재물이 너무 과중한 귀족이었거나 혹은 그들에게 매어 있는 가족이거나 상인, 노예들로 추측된다.

폐허가 된 향락의 도시 폼페이 거리에선 비틀거리는 사람들의 부서진 희망과, 허약한 영혼의 헤아릴 수 없는 슬픔과, 날개 꺾인 자의 깊이 모를 절망이 고여 있다. 그곳에서 이카루스는 마치 그때의 시민인 듯한 표정으로 원형 경기장 계단에 앉아 있거나, 부서진 신전 앞에 서 있거나 광장에 쓰러져 누워 있다. 오래 전 그들을 사로잡았던 부귀와 명예, 향락과 사치가 하늘 아래 얼마나 덧없는 것인지를 입증해주고 있는 것 같다. 그날의 공포와 그 어둠의 재앙을 목격한 듯, 드넓은 공회장에 추락한 이카루스에게 다가가 얼굴을 들여다보았을 때 그는 내게 이렇게 말하는 것 같았다.

'절제하라!'

그것은 태양을 두려워하지 않은 사나이, 무모한 용기는 파국으로 가는 지름길이라는 것을 인류에게 가르쳐준 사나이의 회한이 빚어낸 소리이다. 조각상을 타고 흐르는 빗물은 그가 흘리는 참회의 눈물처럼 보인다. 그리스 델피 신전 기둥에 새겨져 있었다는 '절제하라!'는 명령은 추락하는 것은 날개가 있다는 것의 다른 말이다.

발길을 돌려 수천 년 전의 길을 이리저리 걷다 정원이 넓은 집 안이 궁금해 들어선다. 3미터 높이의 날개 잃고 목 잘린 이카루스를 보는 순간, 움직일 수가 없다. 이성이 사라지고 감성만 남은 모습이다. 생각하지 않고 느끼는 대로 산 자의 모습이 저럴까. 후두둑 떨어지는 빗물 소리를 가슴으로 듣고 있을 이카루스가 행복해 보이는 것은 무슨 이유일까. 신을 외면하고 제 삶을 향해 몸으로만 맞서려는 자의 저 오만한 용기에 절제하라는 진리는 공허한 메아리가 되어 흩어지고 있다. 사람은 이성적인 동물도, 신의 복사판도 아닌, 본능적 의지와 욕망을 가진 존재라고 항변하는 듯 당당한 모습이다. 그의 몸을 흐르는 빗물은 참회가 아니라 끈적한 욕망이다. 신이 우리에게 준 선물은 자유이며 신의 명령은 절제가 아니라 사랑인지도 모른다. 머리 없는 이카루스가 머리 있는 나에게 '통제하지 말라'고 외치는 소리를 들으며 우산을 접는다. 그가 온몸으로 맞고 있는 비를 맞으며 발길을 옮긴다. 참을 수 없는 존재의 무거운 장막을 벗은 듯 발길이 가볍다. 부서진 옛 도시의 적요함과 허망함이 사람들의 발길에 푸드득 깨어나 기지개를 켠다. 이마를 스치는 빗방울을 따라 묵혀둔 슬픔과 절망들이 멀리 멀리 지중해로 흩어진다.

이카루스가 절제와 자유를 말해주던 폼페이, 오랫동안 그곳을 잊지 못할 것 같다.

우울한 일요일의 노래
―〈글루미 선데이〉의 현장, 군델식당에서

'군델식당'으로 들어서는 순간, 〈글루미 선데이〉 영화 속 아름다운 여인 일로나(에리카 마로잔)가 다가올 것만 같다. 하얀 냅킨을 팔목에 걸고 손님을 맞는 그녀를 어느 기둥에선가 자상한 미소로 지켜보는 자보(조아킴 크롤)도 있을 것만 같다. 피아노를 연주하는 안드라스(스테파노 디오니시)의 뜨거운 눈빛도, 한스(벤 베커)의 열에 들뜬 표정도 일로나에게서 벗어나지 못했다. "당신을 잃느니 당신의 절반이라도 갖겠소"라는 자보의 말이 대신하듯, 그토록 고혹적이고 사랑스럽고 따뜻한 성정을 지닌 여인을 어찌 사랑하지 않을 수 있을까. 한 여인을 둘러싼 세 남자의 사랑과 예술, 고통과 죽음의 연주가 흐르는 부다페스트의 군델식당 입구에서, 나는 그렇게 한참을 움직일 수가 없었다.

영화 〈글루미 선데이〉는 한 여자와 세 남자의 사랑 이야기에서 출발해 나치의 비열함을 고발하며 인간의 존엄성에 대해 고찰한다. 영화는 1999년, 군델식당에 80세 생일을 맞은 독일인이 찾아와 〈글루미 선데이〉 곡을 청해 듣다 심장마비로 사망하는 것으로 시작한다. 심상치 않은 죽음을 의문으로 남긴 채 화면은 60년 전으로 돌아간다. 때는 1939년, 군델식당 주인 유대인 자보와 종업원 일로나, 〈글루미 선데이〉 곡을 작곡한 피아노 연주자 안드라스와 독일인 청년 한스가 주인공이다.

제2차 세계대전 중 헝가리는 자국 영토 회복을 위해 친나치를 표방하며 국제연맹을 탈퇴한다. 덕분에 도시 전체가 파괴되었던 폴란드와 달리 헝가리는 전쟁의 포화를 피해갔다. 다뉴브 강을 중심으로 부다와 페스트가 고풍스런 옛 멋을 찬연히 뽐내고 있는 이유이다. 그러나 공짜는 없다. 물리적인 대가 대신 치러야 했던 정신적 희생은 어느 것이 더 낫다고 할 수 없다. 사회주도층 절반 이상이 유대인이었던 헝가리는 나치 정당과 화살십자당이 앞장서서 유대인 학살을 시작한다. 자국민을 서로 죽이는 참상만큼 비참한 것이 또 있을까. 멀리 볼 것도 없이 우리나라의 한국전쟁이 그렇고 가까이는 광주항쟁도 그렇다. 기구한 역사의 현장인 부다페스트에서 영화의 배경이 되었던 군델식당과 다뉴브 강변, 쎄체니 다리를 만나는 것은 가슴 설레는 일이다.

영화는 그런 헝가리에 독일군 장교로 온 한스가 군델식당을 드나들며 절정을 향해 간다. 연주자를 하인 부리듯 하는 한스에게 모욕감을 느낀 안드라스가 자살하고 자보는 유대인이라는 이유로 수용소로 끌려가 죽음을 맞이한다. 유대인을 빼돌리는 대가로 사익을 챙기고 자보를 도와줄 것처럼 일로나에게 접근해 그녀를 겁탈한, 인간의 존엄성을 망각한 한스만 살아남는다.

영화의 말미는 첫 장면으로 돌아간다. 군델식당에서 의문사한 노인은 한스이다. 사건현장에서 기자는 제2차 세계대전 당시 천 명이 넘는 유대인을 구하고 종전 후 독일에서 제일 큰 무역회사를 설립한 위대한 인물 한스의 죽음을 전 독일이 애도한다고 말한다. 어처구니가 없다. 역사의 오류처럼, 정당치 못한 한 인간의 삶이 얼마든지 왜곡될 수 있음을 보여준다.

군델식당의 새 주인은 일로나의 아들이다. 주방에선 80세가 된 일로나가 〈글루미 선데이〉를 홍얼거리며 극약이 든 병을 씻고 있다. 존엄성을 빼앗긴 자보가 흘리고 간 극약은 60년의 세월이 흐른 후 한스의 심장을 멈추게 하는 데 사용되었다. 한 여자를 사랑한 세 남자 중, 존엄성을 망각한 남자가 존엄성을 지킨 남자와 존엄성을 뺏긴 남자를 죽음으로 몰아넣고 한 여자의 손에 죽었다. 존엄성을 망각한 남자의 시신을 실은 차가 화려한 부다페스트 야경을 따라 달려가는 것으로 영화는 끝난다.

헝가리 무명 작곡가 레조 세레스는 연인에게 실연당한 슬픔을 〈우울한 일요일〉이라는 곡으로 1935년에 발표했다. "우울한 일요일, 당신의 저녁은 더 이상 멀지 않고/ 검은 그림자와 함께 난 나의 외로움을 나눠요"로 시작하는 1절은 사랑하는 연인끼리의 이별로 들리지만,

2절에 오면 유대인의 집단학살에 대한 절망이 깊게 드리운다. "외로운 일요일들을 난 너무 많이 보내왔어요. 오늘 나는 기나긴 밤으로의 여정을 떠나요. (중략) 친구들이여 울지마요."

다뉴브 강에 몸을 던져 자살한 안드라스의 죽음 앞에서 자보는 "더는 못 견딜 상황이 오면 차라리 세상을 떠나는 것이 나아. 존엄성을 가지고"라고 말한다. 당시 나치의 횡포와 폭력 아래 얼마나 많은 사람들이 짓밟혔으며 비참한 심정이었는지 짐작이 간다. 그 후 이 음울한 곡에 취한 채 자살한 사람이 8주 만에 187명에 달했다. 1930년대 초 헝가리의 정치적 격변기의 혼란과 지옥 같은 경제상황으로 늘어나는 자살을 이 음악이 더 부추겼다고 한다. 이 악보를 곁에 두거나 음악을 틀어놓고 죽는 일들이 발생했으며 작곡자 레조 세레스마저 자신의 아파트에서 떨어져 자살했다.

이런 것들에 영감을 받은 소설가 바르코프가 『우울한 일요일의 노래』라는 소설을 출간했다. 이 소설을 원작으로 1999년에 영화 〈글루미 선데이〉가 탄생된 것이다.

영화는 1939년부터 1944년에 걸쳐 부다페스트의 한 동네 식당에서 있었던 일을 그린 것이다. 음울한 곡의 음악과 정치를 배경으로, 한 여인과 세 남자의 삶을 통해 인간의 존엄성을 다양한 각도로 그려내고 있다. 이 세상 존재하는 모든 인간에게 주어진 존엄성을 함부로 훼손한 나치에 대한 비판이며, 사랑과 우정으로 이어진 인간이 지켜야 할 것과 그것을 지키지 않은 것에 대한 경고이다. 사랑과 음악과 정치가 문학적으로 어우러진 이 영화가 독일 감독에 의한 독일과 헝가리 합작이라니 그들의 철저한 반성과 객관적인 해석에 가슴이 덥혀진다.

한 여자와 한 남자의 아들이 지키고 있었던 영화 속 군델식당의 마지막 모습을 떠올린다. 나무가 삐걱거리는 소박함은 온데간데없고 화려한 대리석 바닥과 넓어진 공간은 고급스런 분위기로 바뀌었다. 지금은 엘리자베스 여왕이 다녀간 곳이며 유럽 유명 인사가 주로 찾는 '유럽 10대 레스토랑'이다. 그러나 식당 한 면의 계단은 그대로 두어 옛 식당의 정취를 살리고 피아노 연주를 하던 무대엔 뚜껑 덮인 피아노와 기타가 놓여 있다. 얼핏 보면 영화 속 식당이지만 자세히 보면 고급 레스토랑으로 바뀐 것을 알 수 있다. 식당 정문 오른편으로 있던 높은 계단 대신 군델식당 정원이 조성되어 있고 정문 앞 쪽에 있던 유대인 상점도 자취가 없다. 식당 주변으로 길이 넓어진 모양이다. 한스의 주검을 실은 차가 달려가던 강변으로 발길을 옮긴다.

나치에 편승해 자국민이었던 유대인을 처단했던 사람들과 그들의 손에 짓밟힌 사람들의 모습은 여전히 '홀로코스트'에 살아 있는데 "이 모든 것은 다 지나갈 거야"라던 자보의 말대로 다뉴브 강은 평화롭기만 하다. 국회의사당 앞 강변의 찌그러지고 망가진 남녀노소의 신발들은 전쟁 막바지에 몰린 나치가 미처 죽이지 못한 유대인을 급히 강 속으로 수장시킬 때 버려진 그들의 것이다. 쏟아낼 곳 없는 분노가 몸 속 어디선가 피워 오르는 듯해 급히 시선을 거둔다. 이 야만의 장소가 세계에서 가장 아름다운 3대 야경이라니…. 다뉴브 강변의 화려한 불빛은 어쩌면 비극의 역사 속에 스러져간 영혼들이 흘리는 눈물의 반사로 더 아름다운지도 모른다. 그들 중에 한 명이었을 자보와 안드라스와 이름 모를 영혼들을 위해 잠시 눈을 감는다. 〈글루미 선데이〉 슬픈 곡조가 다뉴브 강물 위로 흐른다.

코린토스에는 시시포스가 산다

바울의 도시, 고린도 전후서의 도시로 알고 있던 코린토스에 가서야 그곳에 시시포스 산이 있다는 것을 알았다. 그 산 위에 건설된 고대도시 '코린토스 아크로폴리스'를 건설한 왕 시시포스는 마술과 마법에 능한 메데이아가 떠난 후 정권을 장악했다. 그는 그리스신화에 등장하는 인간 중 지혜가 많고 교활하다고 알려져 있다. 어느날 성채가 있는 망루에 앉아 있던 그는 제우스가 에기나를 납치해가는 것을 보고 에기나의 아버지 아소포스와 거래를 한다. 도시에 물이 부족하니 샘에서 물이 나오게 해주면 알려주겠다고. 그래서 얻게 된 것이 '피레네 샘'이다. 시시포스가 일러바친 것을 알게 된 제우스는 저승의 신 하데스에게 명령해 시시포스를 지하세계로 보냈지만, 이것조차 미리 알고 꾀를 내어 지상에서 장수를 누렸다. 이런 죄로 저승에서 그가 받게 된 벌이 산 정상을 향해 끊임없이 바위를 굴러 올리는 일이었다. 이때부터 사람들은 코린토스 아크로폴리스 성채가 있는 이 산을 시시포스

산이라 부르기 시작했다.

양쪽에 항구와 만을 끼고 있는 천혜의 장소인 코린토스. 그리스 문화의 모태인 이곳은 '가장 풍부한'이라는 뜻으로 고대부터 지중해 일대의 정치 경제 종교 문화의 중심 도시였다.

신화와 역사가 숨쉬는 도시의 유적지 안으로 들어서니 아고라의 중앙 길인 '레카이온 길'이 레드카펫처럼 펼쳐 있다. 승전보를 울리며 돌아오는 장군처럼 걸어보지만 반기는 것은 폐허가 된 돌무더기뿐.

그 길을 따라 지혜와 이성의 신 아폴론 신전은 아고라 옆 평지에 있고 아름다움과 감성의 여신 아프로디테 신전은 아고라를 내려다보고 있는 시시포스 산 정상에 있다. 세계를 지배하는 것은 남자지만 남자를 지배하는 것은 여자라는 말이 연상된다. 한때 이성이 최고의 지성이라 여겼다. 그러나 감성이 없는 이성은 지금의 인공지능보다도 못하지 않은가. 감성이 이성을 지배한다는 것을 아는 그리스인들이 아폴론을 최고의 신 자리에 놓은 것은 아이러니하다.

공중목욕탕과 화장실, 피레네 샘을 지나 바울이 로마의 집정관 앞에서 귀족들에게 설교했다는 단상이 보인다. 바울은 이곳에 AD 51년쯤에 왔었다. '새로운 코스모폴리탄 공동체'를 꿈꾸며 사랑을 전파하러 왔다가 1년 8개월을 머물고 갔다. 바울이 이곳에서 쓴 「고린도 전서」 13장을 기억해본다.

"사랑은 오래 참고 사랑은 온유하며 시기하지 아니하며 사랑은 자랑하지 아니하며 교만하지 아니하며 무례히 행치 아니하며 자기의 유익을 구하지 아니하며 성내지 아니하며…."

아크로폴리스 정상에 있는 아프로디테 신전엔 천여 명의 여사제가 있었다고 한다. 신앙의 이름으로 성性을 파는 여자들이었다. '고린도 여자'라는 말은 '창녀'라는 것을 암시할 정도로 이곳은 퇴폐와 향락의 도시였다. 바울이 윤리가 무너진 곳에서 도덕을 강조하지 않고 사랑을 설파한 이유는 무엇일까. 다툼과 갈등을 잠재우고 화해와 용서가 우선되어야 윤리와 도덕도 그 가치를 찾아간다고 여겼던 것일까?

하늘을 향해 기도하는 듯한 나무 아래에 앉아 얼굴을 쓸고 가는 미풍에 눈을 감는다. 아고라를 오갔던 사람들이 영상처럼 펼쳐진다.

자녀의 교육과 앞날을 걱정하는 부모들과, 버릇없는 청년들을 꾸짖는 노인들과, 권력과 이익을 위해 고민하는 정치가들이 보인다. 누군가의 죽음으로 통곡하는 집 이웃에선 아기의 탄생으로 기뻐하며, 사랑에 빠진 남녀가 바라보는 빛나는 세상 뒤에선 질병과 절망으로 하늘을 원망하는 사람들도 있다. 삶이 자기 의지로 영위된다고 믿는 사람들과 신의 섭리대로 사는 거라는 사람들이 설전을 벌이며 함께 살았을 도시에서, 먼 먼 시간을 타고 그들의 이야기를 듣는다. 분명한 것은 그때도 시기와 분열보다 화해와 용서가 더 어려웠으리라는 것이다. 웅성거림과 부스럭거림과 속삭임과 은밀하고 화려한 웃음소리들 사이로, 간절한 기도소리가 들려오는 것 같은 도시에 귀를 기울이다 보니 마음 속 시계가 거꾸로 가고 있다.

아고라 유적지를 나와 580여 미터의 시시포스 산 정상을 향해 오른다. 바닥의 돌이 기름칠을 한 듯 미끄러워 넘어질 것 같은 성문을 지나 아크로폴리스에 들어선다. 사이프러스 나무와 잡풀이 무성한 산길을 유선형으로 따라오르며 웅장한 성벽의 위용에 압도당한다.

불모지처럼 황량한 돌산을 둘러싼 성벽에 새겨진 피비린내 나는 역사를 어찌 다 알 수 있겠는가. 다만 아르고스와 코린토스를 다스리던 영주 레온 스구로스가 프랑크 족의 침입에 마지막까지 항거하다 자신의 애마를 탄 채로 절벽에서 뛰어내렸다는 곳에서 잠시 숨을 고른다. 정상에 이르니 서쪽으로는 코린토스 만, 오른쪽으로는 사로니코스 만이 드넓게 펼쳐진다. 이곳을 정복하려 했던 자들과 이곳을 지키려 했던 자들의 피의 함성과 원혼이 섞여 있는 듯 바람이 거세어진다. 주춧돌들만 남아 있는 아프로디테 신전에서 가쁜 숨을 돌린다. 영혼까지 날려버릴 것처럼 거센 바람을 맞으며 이곳을 다스렸던 시시포스를 생각한다.

신에게 굴종하지 않고 온갖 꾀를 내어 신에게 반항했던 인간, 삶의 욕망으로 가득 찬 인간, 그런 시시포스에게 신들은 인간에게 줄 수 있는 가장 고통스런 형벌을 내렸다. 영원히 반복되는 무의미한 노동이다. 그러나 신들의 기대와는 달리 시시포스는 절망하지 않았다. 부조리한 상황을 직시하고 헛된 희망을 갖지 않으며 신에게 호소하지도 않았다. 자신에게 주어진 형벌을 묵묵히 책임졌다. 삶의 부조리를 기꺼이 끌어안고, 성실과 고뇌와 성찰로 운명을 받아들인 시시포스에게서 행복을 발견한 것은 카뮈이다. 등이 휠 것 같은 무거운 짐을 지고 끝없이 반복되는 삶, 회피하거나 기권하지 않는 성실한 투쟁만이 부조리를 극복하고 행복한 삶으로 갈 수 있다는 그의 말을 떠올린다.

"이제 나는 시시포스를 산기슭에 남겨둔다. 우리는 항상 그의 짐의 무게를 다시 발견한다. 그러나 시시포스는 신들을 부정하며 바위를 들어올리는 한 차원 높은 성실성을 가르친다. (중략) 무수한 산정을 향한 투쟁, 그것만으로도 인간의 마음을 가득 채우기에 충분하다. 행복한 시시포스를 상상해야만 한다."

폐허의 고대도시 코린토스, 그곳 시시포스 산에는 시시포스가 산다.

세상과 인간에 대한 통찰의 장소
— 그리스 델피신전

델포이 성역을 향해 가는 길

유럽 문명의 기원이며 인류 최초로 민주주의가 발생한 곳. 소크라테스, 플라톤, 아리스토텔레스와 같은 위대한 철학자를 배출한 곳. 가는 곳마다 보이는 것 들리는 것이 모두 신화인 나라 그리스. 그곳은 수천 년 전부터 인간의 본질에 대한 탐구가 시작된 곳이지만 오랜 식민지로 음울한 정조情操가 부서진 돌틈과 바람결에 묻어 있는 땅이다. 인간은 물론 신마저 자유로운 그곳에 발을 딛는 순간, 나는 마치 신화 속으로 빨려들어가는 듯한 착시로 잠시 어지러웠다.

신들의 왕 제우스는 세상의 중심을 찾기 위해 세계의 양쪽 끝에서 독수리를 각각 날려보낸 후 두 마리가 만나는 곳을 세상의 중심으로 정한다. 그곳에 '옴파로스(배꼽)'라는 원추형 돌을 세우는데 지금의 델포이(당대엔 '델피'라 불렀음)이다. 그리스 반도의 중심부이며 핵심인

파르나소스 산기슭을 세상의 중심으로 정한 데는 지리학적 요인이 컸을 것이다. 그러나 그 산을 직접 마주한 사람이라면 영험하고 신령한 지기地氣로 세상을 내려다보고 있는 듯한 위엄에 누구나 그곳이 세상의 중심임을 느낄 수 있다.

아테네에서 서북쪽으로 180킬로미터 지점에 위치한 델포이는 그리스 문명과 종교의 중심지였다. 그곳의 아폴론 신전에서 내려지는 신탁은 당대 그리스뿐 아니라 주변 국가들에 가장 신통하기로 소문이 났으며 정치 철학 역사에 많은 영향을 끼쳤다. 기원전 6세기에서 4세기까지 신탁의 황금기엔 그곳으로 가는 행렬이 줄을 이었다는 길, 내가 신전을 향해가는 그 길에 나선 것은 10월이 끝나가는 늦가을이었다.

이른 아침 아테네를 출발한 버스는 나지막한 가옥이 주는 평화로움과 올리브 나무가 무성한 돌산을 양 옆구리에 끼고 달렸다. 보이오티아 주에 들어서니 해발 2,457미터 파르나소스 산이 차창 앞으로 다가선다. 석회암으로 이루어진 험준한 봉우리들이 하얀 눈을 덮고 있는 모습이 장엄하다. 하늘엔 뭉게구름, 비늘구름, 새털구름 등과 구름들을 가르는 가늘고 긴 막대구름이 펼쳐 있다. 신들의 나라에선 구름도 신이 되나 보다. 신비롭다.

아폴론 신전과 피티아 여사제들

고대 그리스인들은 국가의 일이나 가정, 개인적인 일도 신의 뜻을 묻고 그것에 의지해 결정하는 관습을 중히 여겼다. 신탁神託, 신에게 맡기고 묻는 행위는 운명론적 사고방식이다. 운명적으로 태어난 인간이 신의 존재를 찾기 시작한 것은 언제부터였을까. 왜 오지 않은 미래가 궁금하고 스스로 결정한다는 것이 두려웠을까. 인간의 한계를 신에 의지해 극복하려는 것은 자족하지 못하는 인간의 욕심 때문이 아니었을까. 카뮈는 부조리한 세상에서 자기 의지를 버리고 신에게 귀의하는 것을 철학적 자살이라고 했다. 종교는 운명적으로 부여받은 생명을 철학적으로 죽임으로써 모든 것을 신의 뜻으로 돌린다는 것이다. 이렇게 신을 의지해 운명에 순응했던 고대 인류의 신탁행위는 오늘날 신앙으로 발전해 전해지고 있다.

기원전 15세기경부터 델포이 성역엔 대지의 여신인 가이아를 모신 신전이 있었다. 제우스와 레토 사이에 태어난 아폴론은 가이아 신을 모시던 뱀 피톤을 쏘아 죽인 후 신전을 짓고 피티아라는 여사제들을 두었다. 그녀들은 신전의 지하에 있는 성소 아디톤에서 삼각대 위에 앉아, 지하에서 스며 나오는 자연 가스에 취해 월계수 잎을 씹으며 환각상태에서 신탁을 내렸다. 피티아는 알몸 위에 속이 비치는 옷을 입은 어린 처녀들이었는데 불미스러운 일이 생기면서 50대 이상의 여자들로 바뀌었다고 한다. 그들의 현명한 대처에 웃어야 할지 울어야 할지 씁쓸한 마음이다. 소크라테스는 피티아의 신들린 상태의 광적인 예언이 국가와 개인이 발전하는 길잡이 역할을 했다고 술회한다. 초월적 예지력으로 아테네의 민회와 스파르타의 입법에 지대한 영향을 끼치며 존경과 경배를 받았던 피티아를 나는 오래 전부터 만나고 싶었다.

버스가 멈춘 곳은 해발 800미터쯤 되는 신전 입구, 이곳에서 아폴론 신전을 향해 가는 길 이름은 '성스러운 길'이다. 옛날엔 이 길을 따라 각국에서 봉헌한 3,000여 개의 보물을 보관하는 보물창고와 기념 조형물이 가득했었다고 한다. BC 490년에 세웠다는 보물창고 안이 텅 비어 있다. 세월과 역사의 무상함에 고개를 들어보니 깎아지른 듯한 암벽 위로 아폴론의 신조인 까마귀가 무리지어 날아오른다. 수천 년 전 간절함과 경건한 마음으로 이곳을 지나갔던 사람들을 기다렸다는 듯 날갯짓이 힘차다. 보물창고를 약탈해가는 로마군들이 왔을 땐 아마 까마귀도 날지 않았을 거다. 신탁을 구하는 사절단과 방문자들은 파르나소스 산 동쪽 절벽 계곡에 있는 창작의 샘인 카스탈리아 샘에서 목욕재계를 하고 이 길을 걸어가 신의 계시를 받았다고 한다. 그들의 염원과 발길을 기억하고 있을 돌들과 소나무와 사이프러스 나무들이 어서 오라고, 기다렸다고 내게 손을 흔드는 것 같다.

'성스러운 길'이 끝나는 곳에서 나를 기다리고 있는 것은 아폴론 신전이다. 역사의 소용돌이 속에 38개의 신전 기둥은 6개만 남아 있다. 바닥에 뒹구는 조각난 돌들은 조각난 시간처럼 방문자를 쓸쓸하게 한다. 세월의 풍화작용 속에 허물어진 신전 앞에서 나는 신의 목소리에 귀 기울인다. 간절하게 기다릴 때 신은 내게 응답한다는 것을 안다. 간절함은 내 경험 이전의 세계, 선험의 무의식을 빛의 꼬챙이로 찔러 그것을 타고 내게 이른다. 파르나소스 산 정상을 훑고 코린토 바다를 향해 달리는 바람과, 곡식의 고개를 숙이게 하는 따가운 햇살이 만나는 신전 터처럼, 우연이지만 필연인 것들로 운명은 채워져 있다. 이 신

전 기둥에 쓰여 있었다는 '너 자신을 알라' '그대의 정신을 억제하라' '참고 견디며 겸손하라'는 글귀들이 피티아의 신탁처럼 마음에 쏟아져 내린다. 삶도, 사랑도 혼돈으로 가득했던 청년 시절, 점ト을 보고 사랑을 버렸던 나는 어리석은 운명론자였다. 신전 앞에서 이제는 지혜로운 운명론자가 되길 기도한다.

피티아의 예언들

'신탁' 하면 제일 먼저 떠오르는 인물은 오이디프스 왕이다. '친부를 살해하고 친모와 살을 섞을 운명'이라는 신탁을 받은 그는 스스로 두 눈을 찔러 장님이 됨으로써 운명에 도전하는 불굴의 정신을 보여준 인물이다. 절대 피할 수 없는 운명이 있다면, 절대 의지로 될 수 있는 운명도 있음을 보여줌으로써 운명이란 내 의지로 극복할 수 있다는 현대인의 사고방식에 최초로 기여한 인물이 아닐까 생각된다.

당대의 철학자 소크라테스의 제자이며 그의 동성 애인이었던 알카비아데스도 피티아에게 물었다. "제가 아는 사람이 이런 말을 했습니다. '내가 아는 것은 단지 내가 아무것도 모른다는 것뿐이다.' 이 사람보다 현명한 사람이 있습니까?" 피티아는 "그보다 더 현명한 사람은 없다"고 하여 소크라테스는 신이 인정한 현자라고 한다.

아테네 민주정치의 기틀을 세운 솔론도 피티아의 신탁을 받고 중용의 정치를 펼쳐갔으며, 그리스가 살라미스 해전 계획을 세우는 데 신탁은 중요한 열쇠를 제공했다. 특히 스파르타는 국가의 중대사가 있을 때마다 신탁을 받아오는 4명의 피티오를 두었으며, 레오니다스 왕이 300명의 전사를 이끌고 텔레오필레 계곡으로 나가기 전에도, 알렉산더 대왕이 동방침략에 나서기 전에도 피티아의 신탁을 받았다. 지금의 터키 땅인 리디아의 왕 크로이소스가 받은 신탁도 유명하다. 그는 페르시아와의 전쟁에 대해 "위대한 왕국을 멸망시킬 것"이라는 예언을 받고 전쟁을 일으켰지만 위대한 왕국이 페르시아가 아니고 자신의 나라였음을 알았을 땐 왕국이 무너진 후였다.

아폴론과 디오니소스, 성스러운 것과 인간적인 것의 조화

피티아들이 예언을 하던 허물어진 신전을 뒤로 하고 약간 언덕진 길을 오르면 원형극장이 나온다. 약 5,000명을 수용할 수 있는 자리가 잘 보존되어 있다. 이곳에서 연극과 연주회가 열렸다고 한다. 신성한 신전 위에 극장이라니…. 신의 계시로 씻김받고 유희로 위로받으라는 뜻으로 여겨진다. 먼 길을 걸어와 궁금증을 해결한 사람들에겐 진정한 평안을, 신탁을 해석해야 하는 사람들에겐 지혜와 여유를 주었으리라 짐작된다. 극장을 배경으로 돌아서니 멀리 뮤즈가 뛰놀던 헬리콘 산이 보이고 고즈넉이 코린토 바다가 펼쳐져 있다. 가슴이 탁 트이는 이곳에서 바라보는 인생은 그저 한낱 꿈이요 한줄기 바람 같은 것으로 여겨졌을 것 같다.

원형극장을 지나 산 쪽으로 더 올라가면 험준한 산 아래 6,500명을 수용하는 스타디움이 있다. 아폴론이 델피 사람들을 괴롭히는 피톤을 물리친 것을 기념하는 행사로 BC 582년부터 4세기까지 4년마다 열렸다. 델피 제전, 피티아 제전이라 불리는 이 경기는 고대 그리스 4대 제전이다. 이곳까지 올라오느라 기력이 다한 나는 그들이 무슨 기운으로 경기를 했는지 의아하다. 가쁜 숨을 고르느라 부서진 돌 위에 앉으니 눈길이 멀리 달려간다. 그곳에 파르나소스 산 암벽이 병풍처럼 펼쳐진 것을 보고 답을 찾는다. 돌산으로부터 뻗어나오는 절대 위엄과 기력에 입이 벌어진다. 나체로 경기장을 채웠던 그들의 함성이 돌산 켜켜이 새겨져 있는 듯, 무언가 말을 하려는 듯 나를 향해 소리치는 것만 같다. 정신이 번쩍 든다.

델포이 성역이 당대를 주름잡은 데는 놀라운 예지력과 지식을 겸비한 피티아들 때문만은 아니었던 것 같다. 델포이 사람들은 인간과 세상에 대한 투시력을 갖추고 있음이 분명하다. 그들은 이성과 질서의 신인 아폴론이 예언을 하는 3월에서 10월까지를 뺀 11월부터 이듬해 2월까지 디오니소스를 모신다. 절묘한 화합이다. 디오니소스는 제우스와 세멜레 사이에 태어난 술과 황홀경, 감성의 신이다. 세상은 분명 이성과 질서에 따라 움직이지만 그 질서를 유지하게 하는 힘은 감성이다. 동절기가 되면 디오니소스를 추종하는 여성들(마이나데스)은 휴식과 자유, 일탈과 광란의 축제를 벌인다. 실성한 여성들, 광란하는 여자들이라는 뜻의 마이나데스들은 성역의 뒤편 절벽으로 올라가 코리키안 동굴까지 약 11킬로미터를 술에 취해 소리를 지르고 춤을 추며 걸어가 비밀의식을 치렀다. 성역 델포이는 억눌린 여성들에겐 원초적인 감성을 분출하는 장소였으며 정치가들에겐 지혜를 베푼 곳이다. 또한 고통스런 삶을 살아가는 서민들에겐 운명에 순응하는 법을 가르쳤으며, 죄 지은 자들을 품어주고 정화시켜 새롭게 하는 힘을 주었던, 인간과 세상에 대한 통찰이 어우러진 장소가 아니었나 생각된다.

오래 전 디오니소스적인 성향을 죄악시하며 아폴론적인 인간이 되려고 노력했던 시절이 있었다. 모든 질서와 규칙에 어긋나지 않고 본분에 충실한 모범생으로 칭찬받는 것에 익숙해져 갔다. 도발이나 일탈은 꾹꾹 눌러 없어졌다고 믿었다. 어느 날 신의 이름으로 간절히 기도할 때, 화두를 들고 마음에 집중할 때, 무의식에 가라앉아 있던 그림자들이 쏟아져나왔다. 어둠 속에 방치되었던 내 안의 디오니소스가 세상 밖으로 나오면서 나는 훨씬 더 편해졌다. 니체는 『비극의 탄생』에서 "아폴론은 디오니소스 없이는 살 수 없었다"고 했다. 아폴론적인 것과 디오니소스적인 것의 조화, 그 균형이 아름다움이다. 과거로만 존재하는 이곳에서 나는 이성과 감성, 질서와 자유, 육체와 정신, 그 어느 편으로도 치우치지 않는 조화로운 세상과 삶을 다시 꿈꾼다.

인간의 본질과 삶의 비극을 치열하게 탐구한 고대 그리스인들의 혜안과 지혜에 놀라고, 신의 축복을 받은 신비로운 자연 경관에 놀라는 곳 델포이. 가장 성스러운 곳을 지탱하는 것은 가장 인간적인 것들이었다.

지옥에 다녀온 사람

살아서 저승을 다녀온 자들이 있다. 죽은 아내 에우리디케를 구하기 위해 지하세계를 갔다온 오르페우스, 페르세포네를 납치하려 하데스에 갔다 붙잡혀 헤라클레스에게 구출된 테세우스, 12과업 중 하나인 저승 입구를 지키는 개 케르베로스를 잡으러 간 헤라클레스, 이미 저승에 가 있는 예언자 테이레시아스를 만나러 간 오디세우스, 예언녀 시빌라의 안내로 아버지 안키세스를 만나러 저승세계를 방문한 아이네이아스 등 이들은 살아서 저승을 다녀왔다.

그리스 시대까지만 해도 지하세계는 그리 끔찍한 형벌의 장소가 아니었다. 단테가 최초로 연옥의 개념을 확립하고 지옥을 구체화시키면서 현세의 삶을 점검하는 장치를 마련하지 않았나 생각된다. 요즘은 죽어야만 갈 수 있는 곳으로 알고 있는 저승을 갔다왔다는 자들의 증언에 대해 교회 목사들은 성경의 말씀을 훼손하지 않는 범위까지만 받아들여야 한다는 의견을 내놓고 있다.

한 20여 년 전 이야기이다. 운명과 내세에 관심이 많았던 나는 성경을 읽다 잠든 날이면 예루살렘과 천국과 지옥을 넘나드는 꿈을 꾸곤 했다. 그런 날 아침이면 내가 산 것인지 죽은 것인지 확인하는 데 적지 않은 시간이 들었다. 어느 날, 내가 다니던 교회에서 부흥회가 열렸는데 지옥을 다녀왔다는 분이 초청되어 왔다. 온몸이 오징어처럼 말리며 죽었다가 하나님의 명령으로 살아났다는 분이었다. 그분 이야기가 너무 충격적이라 단어까지 생생하다. 그가 전하는 지옥의 모습은 대충 이랬다.

"지옥을 가보니 아는 사람들이 많더라. 장희빈과 황진이, 대원군과 민비, 지금 이름을 말하면 알 만한 목사, 신부, 스님도 있어 깜짝 놀랐다. 지옥은 여러 군데로 나뉘어 있는데 거짓말한 자들은 칼로 혀를 계속 난도질당하고 있었고, 바람을 피운 사람들은 장미 가시넝쿨에 온몸이 묶여 피를 철철 흘리고 있었다. 도둑질한 사람은 도마 위에서 계속 손목이 잘리고, 불평불만으로 싸움을 일삼던 사람은 똥물에 빠져 허우적거리고 있었으며, 예수를 믿지 않은 자들은 뜨거운 불길 속에서 울부짖고 있더라. 죽지도 못하고 끝나지 않는 고통을 당하는 곳이 지옥이다."

그의 말을 듣는 교인들은 마치 하나님의 화신을 보는 듯 두려움에 숨을 죽였고, 그날 밤 교회 안은 자정이 넘도록 지은 죄를 회개하는 사람들로 가득했다. 나 역시 지옥이 무서웠고 절대로 지옥을 가면 안 되겠다고 결심을 했으며 그 일은 오랫동안 내 신앙에 큰 영향을 미쳤던 것 같다.

이탈리아 기행을 앞두고 단테의『신곡』을 읽었다. 단테는 베르길리우스의 안내로 지옥과 연옥을 순례하고 베아트리체의 안내로 천국을 가게 된다.

제1지옥은 예수 이전의 비신자들, 철학자 등 지성의 선善을 잃어버린 기회주의자, 방관자적 삶을 산 영혼들로 말벌과 왕파리에게 끊임없이 찔림을 당하고 있다. 제2지옥은 이성을 잃고 정욕에 굴복한 죄를 범한 영혼으로 암흑 속에서 태풍의 고통으로 통곡하고 있다. 제3지옥은 탐욕과 탐식의 죄인들, 제4지옥은 인색과 낭비의 죄인들, 제5지옥은 늘 분노에 가득찬 영혼들, 제6지옥은 에피쿠로스 학파들과 이교도들, 제7지옥은 이웃과 이웃의 소유물에 대한 폭력을 행사한 폭군들, 제8지옥은 사기꾼, 뚜쟁이, 포주, 창녀, 점쟁이, 도둑, 위조범, 불화와 분열을 일으킨 사람들이 10개의 굴에 나뉘어 있다. 그들은 악마들에게 쉴 새 없이 매를 맞거나 똥물에 잠겨 있거나 머리를 바위에 박고 발바닥이 불로 지져지는 등의 벌을 받고 있다. 제9지옥은 친족을 배반한 자, 조국과 당을 배반한 자, 친구와 은인, 하느님과 통치자 등을 배반한 자들로 얼음에 갇혀 루시퍼에게 뜯어먹히는 벌을 받고 있다.

단테가 묘사하는 지옥은 구조와 사람들이 사실적이고 구체적이어서 진짜 지옥인 듯 설득력이 있다. 그런데 그 어떤 죄악보다 은인과 신의를 저버린 것을 제9지옥에 배치해 가장 무거운 죄로 정한 것이 의미심장하다. 철학자이면서 정치학자였던 그가 조국 피렌체로부터 버림받은 것에 대한 깊은 원한도 영향을 미쳤겠지만, 이 땅에 발 딛고 사는 인류를 향해 인간의 도리와 신의를 지키는 것이 가장 인간다운 삶이라는 가르침으로 들린다.

반면 불륜을 제2지옥에 배치해 그 중 가벼운 죄로 보았다. 불륜도 기본은 사랑이다. 인간의 가장 기본적인 욕망이며 그 자체는 선善이고 구원이지만, 그것이 윤리와 도덕을 무너뜨린다면 죄가 된다는 뜻으로 읽힌다. 그야말로 아름다운 죄이다. 사실 단테 본인도 9살 때 본 8살의 베아트리체를 그녀가 결혼한 후에도 평생을 잊지 못하고 사랑하지 않았던가.

당대 종교적 관점에서 벗어나지 못하고 선악을 구분한 점이나 자기와 관계가 나빴던 사람들을 드러내놓고 지옥에 배치한 점, 자기가 평생 사랑한 베아트리체를 천국의 길잡이로 삼아 천국에서 둘이 만나게 되는 점 등은 그 역시 하나의 인간임을 여실히 드러내는 부분이다. 『신곡』은 지옥과 연옥, 천국에 이르기까지 죽은 자들을 만나는 저승순례이지만, 시공을 초월해 우리에게 어떻게 살아야 할 것인가에 대해 생각하게 하는 책이었다.

읽는 것만으로도 고통스러운 지옥여행을 하며 오래 전에 들은 어느 부흥강사의 지옥 묘사와 비슷해 이제야 의문이 풀린다. 아마 그분은 단테의 『신곡』을 읽고 꿈을 꾼 것은 아니었을까? 그렇다하더라도 그의 지옥묘사로 많은 사람들이 지옥을 두려워하고 죄짓지 않으려 노력했다면 일말의 성과는 있다고 생각된다.

살아온 날들을 생각해보면 하루하루가 천국이고 때론 지옥이었다. 어떤 날은 하루에도 몇 번이나 지옥과 천국을 왔다갔다한 것 같다. 다행히 나이와 함께 천국인 마음이 지옥으로 가려할 때 붙잡는 힘이 조금씩 자라고 있다. 그러니까 내가 마음먹기에 따라 천국도 되고 지옥도 된다. 지금 여기에서 천국으로 사는 사람이 많을수록 이 사회가, 이 지구별이 조금 더 살기 좋은 곳이 될 거라 믿는다. 아마 단테도 그걸 바라고 저리 무서운 지옥을 그렸으리라 여겨진다.

5부

보슬비 오는 거리에

―어머니와 나

하늘의 빛깔, 바람의 온도, 햇볕의 농도까지 기억되는 날이 있다.

눈부신 오월 하늘 아래, 모든 죄를 사함 받을 것 같은 햇살이 창문 밖으로 쏟아지고 있었다. 유리창을 한 장 사이에 두고 창밖 풍경이 어찌나 비현실적이었던지…. 나는 창 안으로 들어오는 햇살에 부유하는 먼지처럼 나의 무게를 느낄 수 없었다. 아무 일도 없다는 듯 시치미를 뗀 뽀송뽀송한 바람이 나뭇잎을 희롱하는 모습을 보며 창안에 서 있는 사람들의 무거움에 질식할 것만 같았던 오후. 28년 전, 어머니가 돌아가신 날이다. 검은 뿔테 안경을 쓰고 디스코 머리를 한 갈래로 땋아 내린 미모의 여의사는 병실에서 담담한 목소리로 어머니의 사망을 선언했다. 나는 하마터면 그녀에게 달려들어 먹살을 쥘 뻔했다. 네가 디스코 머리를 땋고 화장을 하느라 우리 엄마를 제대로 치료하지 못한 거라고, 사람을 살려야 의사지 그렇게 하얀 옷만 입었다고 의사냐고. 그러나 순정만화의 주인공처럼 생긴 여의사와 눈이 마주치자 목구멍까지 치밀던 울분이 꿀떡 넘어가버렸다. 그리고 허망한 마음이 향한 것은 창밖이었다. 하늘도 저리 무심한데 하물며 인간이야 말해 무엇하랴 싶었다.

내 삶의 중심은 엄마였고 오직 믿고 의지한 것은 엄마뿐이었다. 엄마를 많이 사랑해서가 아니라 호랑이굴 같은 시집살이에 엄마만이 내 편이었기 때문이었다. 그런 엄마가 돌아가시자 나는 엄마를 따라 죽고 싶다는 생각이 간절했다. 밤마다 아이들이 잠들면 베란다에 주저앉아 소주를 마셨다. 그리고 엄마가 내 곁에 있어준 것처럼 내 자식에게도 엄마가 되어주어야 한다는 일념으로 아침을 맞았다. 오랫동안 엄마라는 단어를 떠올리기만 해도 설움이 복받쳐 '엄' 자도 지우려고 머리를 흔들었다.

1918년생, 살아계셨다면 올해 100살인 엄마가 내게 남긴 가장 깊은 인상은 신앙인이었다. 57세를 전후로 그 이전엔 불교를, 그 이후엔 기독교를 믿었지만 본디 엄마는 종교와는 아무 상관없는 신앙인의 자세로 살았다. 부처가 누구이며 어떻게 살다 어떤 메시지를 남기고 갔는지, 기독교가 어떻게 탄생되었으며 예수가 진정 바라는 것은 무엇이었는지 전혀 생각 않는, 이른바 맹목적인 기복신앙이었다. 불교를 믿을 때는 하루에 일천 배를 올렸고, 누군가 예수님을 믿고 기적이 일어났다는 소리에 교회를 다니고부터는 하루에 한 시간씩 다섯 번을 기도했다.

내가 처음 엄마를 따라 절에 갔던 때는 10살 무렵이었다. 어려운 살림이어서인지 봄에만 갔던 기억이 난다. 달콤하고 쫀득한 하얀 백설기를 보자기에 싸서 버스를 타고 가는 것이 내겐 소풍마냥 즐거워 따라나섰던 것인데, 막상 산길을 올라가 절 마당에서 오래 엄마를 기다리는 것이 지겨워 두 번 가고는 가지 않았다. 그때 보았던 무시무시하게 생긴 사천왕과 절 마당에서 내가 그리는 막대기를 따라 뽀얗게 피어나던 먼지와, 하얗게 부서지는 햇살 저편 법당에서 하염없이 절만 하던 엄마의 뒷모습이 마치 한 장의 사진처럼 뇌리에 박혀 있다.

엄마는 식구가 모두 나가면 세수를 하고 천 배를 올렸다. 한가한 시간에는 라디오를 머리맡에 두고 노래를 들었다. 특히 성재희의 〈보슬비 오는 거리〉를 좋아해서 늘 흥얼거리는 것은 물론이고 라디오에서 그 음악이 나오면 눈물까지 글썽이셨다. 어린 나이에 내가 '엄마 왜 울어' 하고 물었을 때 '눈에 뭐가 들어갔나 보네'라고 얼버무리시던 일이 생각난다.

중학교 때 작은 오빠가 첫 월급으로 내겐 세계문학전집을, 엄마에겐 전축을 선물했다. 물론 성재희의 레코드판과 함께. 그때쯤 마루가 있는 집으로 넓혀가 엄마는 성재희 노래를 틀어놓고 마당에서 일도 하고 마루에서 낮잠도 주무시곤 했다.

그땐 몰랐지만 아마도 엄마는 사랑의 상처가 있었던 게 아닐까 하는 생각이 든다. 황해도 해주에서 출생하여 천자문을 공부한 양반집 규수가 광복이 되자 홀몸으로 서울을 내려왔다는 것이 수상하다. 위로 오빠 둘은 아들이라 무관심하고 그 밑 언니는 돈 벌러 다니느라 무관심했고 엄마 나이 마흔 살이 넘어 태어난 나는 너무 어렸다. 엄마가 돌아가시고 나서야 우리 형제자매는 모여앉아 엄마의 과거를 추적해 봤지만 결혼 이전의 엄마는 누구도 알지 못했다. 다만 언니와 나의 결혼 배필에 병적으로 집착했던 것, 〈보슬비 오는 거리에〉라는 노래를 들으며 눈물짓던 것으로 미루어 볼 때 '사랑'과 연관된 어떤 사건이 짐작될 뿐이다. 사랑하는 사람한테 실연당하고 고향을 떠나왔거나 사랑하는 사람이 죽었거나.

보슬비 오는 거리에 추억이 젖어들어/ 상처난 내 가슴엔 눈물뿐인데/ 아~타버린 연기처럼 자취 없이 떠나버린/ 그 사람 마음은 돌아올 기약 없네.

보슬비 오는 거리에 밤마저 잠이 들어/ 병들은 내 사랑은 한숨뿐인데/ 아~ 쌓이는 시름들은 못 견디게 괴로워서/ 흐르는 눈물은 빗속에 하염없네.

— 성재희 노래 〈보슬비 오는 거리에〉

엄마의 죽음에 따른 설움이 가시고 나서야 엄마를 이해하기 시작했다. 하지만 오히려 애증이 파도처럼 밀려왔다. 가세가 기울고 등록금이 없다는 이유로 나에게 대학 진학을 포기하게 했을 때 나는 삶의 의욕을 잃었다. 본래 악착같은 면이 없던 나는 순순히 은행엘 들어갔고 그곳에서 매일 돈을 세어야 했던 그 절망과 괴로움은 몸과 마음을 병들게 했다. 그래서 대학을 포기하게 하고 힘든 결혼생활로 쩔쩔매는 막내딸을 두고 혼자 떠나버린 엄마가 자꾸만 원망스러웠다.

남편을 잃었을 때의 엄마 나이에 내가 이르러서야 엄마가 이름 석 자를 가진 한 인간, 한 여자로 다가왔다. 당신의 사랑을 우리 두 자매를 통해 이루려했던 한 많은 여인, 누구에게도 말 못할 사연과 상처를 안고 노랫말에 기대어 쓸쓸히 살아온 여인, 오로지 신앙으로 자식들의 안녕을 기원하며 목숨을 부지했던 외롭고 가엾은 여인 하나가 있을 뿐이다. 효도할 기회도 주지 않고 떠나가신 엄마에 대한 죄송함이 나를 주눅들게 하고 때로는 일어서게 한다. 그리고 엄마의 곡진한 기도의 힘으로 우리 네 남매가 무탈하게 살아간다고 믿는다. 보슬비가 내리는 날이면 이 노래가 생각나고, 옥빛 한복을 입고 법당에서 절하던 엄마의 뒷모습이 그리워진다.

'야난'처럼

뉴저지 리지필드, 2016년 7월 6일 오후 8시, 혼자 슈퍼에 간다.

수령 100년이 넘는 아름드리나무들이 줄지어 선 보도를 걸어서간다. 울창한 잎새들이 뿜어내는 피톤치드에 숨결이 가볍다. 이곳은 늘 구름이 낮게 떠 있다. 어쩌면 높은 건물이 없어 하늘이 가깝게 보이는지도 모른다. 저절로 하늘을 자주 바라보게 된다. 낮게 퍼져 있는 구름을 보며 이 땅의 반대편에는 어떤 구름이 피어 있을지, 오래 연락이 없는 친구의 안부처럼 궁금해진다. 문득 나를 기억하는 누군가도 이 하늘 아래에 있으리라는 믿음에 잠시 걸음을 멈춘다. 러시아 작가 보리스 뻴냐끄는 문명을 움직이는 것은 '기억'이라고 했다. '너'와 '나'를 움직이는 것도, 인생을 움직이는 것도 기억일 거라는 생각을 하며 다시 걷는다.

딸이 아기를 낳기 전에 늘 함께 걸었던 길이라 눈에 익은 집과 사람들이 정겹다. 그 중 제인 할머니집 앞을 지날 때가 제일 좋다. 그 집은 오후만 되면 딸과 아들, 사위와 손자들이 마당에 나와 있다. 어른들은 테라스에서 차를 마시거나 담소를 나누고 아이들은 개들과 뛰어논다. 딸과 오래 전부터 알고 지낸 제인 할머니는 우리가 지나갈 때마다 배 부른 딸의 건강을 걱정해주고 쉬었다 가라며 친절을 베풀었다. 오늘은 왜 혼자 슈퍼를 가냐고 묻는다. 아기를 낳았다고 하니 눈이 동그래 지며 만면에 웃음을 띤다. 연신 축하한다는 제인 할머니를 뒤로 하고 다시 걷는다. 어둠이 햇살을 조금씩 비집고 들어오기 시작하자 흰 불빛을 띤 반딧불이가 하나둘 날기 시작한다. 처음엔 주택가의 반딧불이가 신기했는데 이젠 제법 익숙해져 친구 같다. 언젠가는 집안까지 따라들어온 적도 있으니 말이다.

딸이 어제 딸을 낳았다. 나도 내 어머니의 딸로서 딸을 낳았지만 아기를 낳는 것은 처음 보았다. 이곳에선 보호자에게 산모의 다리를 붙잡게 했다. 나와 사위는 딸의 다리를 양쪽에서 잡고 간호사가 시키는 대로 진통이 올 때마다 원 투 쓰리… 텐까지를 반복했다. 그러길 십여 분 만에 까만 머리를 내밀며 아기가 빠져나왔다. 산모의 신음과, 의사와 간호사의 구령과, 나의 안타까운 비명을 들으며 산도를 통해 가장 숭고한 생명이 탄생했다. 눈물이 났다. 눈물의 정체는 안타까움과 두려움과 충격이 해소된 안도와 생명에 대한 경이감이었다.

오래 전에 읽은 『세상의 모든 딸들』(엘리자베스 마셜 토마스)이 생각났다. 후기 구석기시대 시베리아 지역에서 살았던 여자 주인공 '야난'을 통해 여성의 삶과 인간의 숙명이 대서사시처럼 펼쳐진 소설이다. 남자들의 독단에 맞서 여자의 강인함을 보여주는 야난에게 어머니가 죽어가면서 한 말이 인상 깊다.

"세상의 모든 딸들이 나처럼 그렇게 살아왔어. 아이를 낳고 호랑이를 따르는 까마귀처럼 남편을 따르고, (중략) 언젠가는 너도 어머니가 되겠지. 세상의 모든 딸들이 결국 이 세상 모든 이의 어머니가 되는 것처럼…."

그렇게 말하며 어머니는 야난의 동생을 낳다 죽었다. 그리고 "남자가 고기를 지배하고 오두막집을 지배하기 때문에 여자보다 월등한 것 같지만 사실은 그렇지 않다. 남자가 위대하다면 여자는 거룩하다. 왜냐하면 세상의 모든 딸들은 이 세상 모든 이의 어머니이기 때문이란다"라는 엄마의 말에 야난은 더 큰 용기와 여자로서의 자부심을 갖는다. 위대한 남자의 어머니는 거룩한 여자라는 영원불변의 패러다임에 따라 한 소녀가 여인이 되고 아내가 되고 이 세상 모든 이의 어머니가 된다.

삼십여 년 전, 내가 딸을 낳았을 때 나는 한 생명을 책임질 엄마가 된다는 것이 두려웠다. 나의 엄마가 내게 했듯이 그렇게 헌신하고 희생할 자신이 없었다. 불우했던 어린 시절과 육체의 병마로 허약한 정신의 청년시절을 보내는 동안 나는 늘 불행했다. 그렇게 삶을 긍정하지 못한 채 엄마가 된 것이 부끄러웠고 불가사의한 삶을 살아내야 할 한 생명이 가여웠다. 나의 신중하지 못한 처신에 대한 죄책감에 비하면 출산의 고통은 가벼웠다. 나는 더 큰 벌을 받고 싶었다. 그리고 오래 산후우울증에 시달렸다.

그런 나와 달리 딸은 명랑하고 씩씩했다. 한 생명에 대한 경이와 모성애로 빛이 났다. 나의 음울한 기운을 받지 않은 것만으로도 감사하다. 아니, 이제야 오래 전 내게 드리웠던 죄책감이 말끔히 씻긴 기분이 든다. 십여 년 전 혼자 떠나온 곳에서 이렇게 굳건히 뿌리를 내린 것이 대견하다. 나는 그저 딸을 지켜보았을 뿐인데 어느새 엄마가 되었다. '야난'처럼.

누구에게나 자기 몫의 삶이 있고 그렇게 우리는 모두 어른이 되어간다는 사실에 가슴 깊은 곳에서 뜨거움이 올라왔다.

주택가를 돌아나와 어둠이 조금씩 짙어가는 거리를 걷는다. 여름밤의 달큰한 공기가 감미롭다. 내일 아기와 함께 집에 올 딸을 기다리는 마음으로 길을 나섰는데 걷다보니 그 여자와 함께 다른 여자 한 명이 길을 걷고 있다. 두 명의 여자다. 한 여자의 딸이었다가 엄마가 되고 할머니가 된 여자와, 세상 이치 깨친 듯 초연한 척하지만 여전히 음울하고 게으르고 왠지 헛헛한 마음을 어쩔 줄 몰라 쩔쩔매는 또 한 여자가 함께 길을 간다.

아니 여자 한 명이다. 엄마이고 할머니이지만 깊은 심연에 고인 그리움이 출렁거리는, 대책 없는 여자가 여전히 흔들리며 걸어가고 있다. 그런 여자를 반딧불이가 따라온다. 넓은 잎새의 나무들이 힘내라고 손을 흔들어준다. 내 딸이 외로움에 지쳐 걸었을 길, 앞으로 용기 있는 엄마가 되어 '야난'처럼 걸어갈 길, 아주 먼 과거로부터 지금까지 모든 딸들이 걸어왔을 길을 걸어간다. 반딧불이도 덩달아 춤을 춘다.

꺼지지 않는 등불 하나

111년 만의 폭염이라고 하네요. 올해가 선생님 희수인 걸 알고 격하게 축하하는 것같아 더위가 밉지 않습니다. 거기다 『시간의 강가에서』가 탄생한 해이니 2018년을 결코 잊지 못할 것 같네요. 『주역에게 길을 묻다』이후 『나 이대로 좋다』 『본래 그 자리』에 이어 『시간의 강가에서』까지 오는데 5년 반이 소요되었더라구요. 소설이나 시도 아닌 수필을 그 기간 동안 3권을 출판했다는 것은 거의 초인적이라 해야 할 것 같습니다. 죽음을 얘기하던 선생님께서 책상에 앉아 다가오는 죽음을 느끼며 죽음과 친구 되어 써내려간 글들이라 여기니 가슴이 숙연합니다. 커튼이 내려진 혼자만의 방에서 연필을 깎아가며 한 자 한 자 원고지를 채워 가시는 선생님의 외로운 등이 그려집니다. 이번 책에 담긴 하이쿠 같은 산문들을 읽으며 선생님의 정신세계와 문학세계를 집약해놓은 느낌이었지요. 그래서일까요. 저는 이번 선생님 책이 괜히 슬프네요. 마치 제게 이별을 고하는 듯, 유언을 하시는 듯해서요.

선생님과 처음 만났던 때가 2011년 겨울이었지요. 저는 선생님의 인품은 물론, 불교와 주역 세계에 빠져들었어요. 그리고 2012년 10월 24일부터 1년 동안 20여 명이 모여 선생님께 주역의 계사전 강의를 들었습니다. 돌아보면 인생에서 큰 전환점이나 사건들이 있었고 그때마다 좋은 방향이든 나쁜 방향이든 인생의 한 페이지가 넘어가곤 했습지요. 그 1년 동안 선생님께 들은 주역 강의는 제 인생에서 한 페이지가 아니라 한 단원이 넘어가는 것 같은 큰 사건이고 전환점이었습니다.

불가사의하고 부조리한 삶을 이해해보려고 발버둥쳤지만, 문학과 종교는 가슴으로는 느껴지는데 머리로 이해되지 않았고, 철학의 이론은 머리로는 이해되는데 가슴으로 다가오지 않았지요. 그런 제게 우주의 원리로 설명하는 주역은 머리에서 가슴을 관통하는 화살이었습니다. 선생님께선 주역이란 하늘과 땅의 준칙으로, 인간으로서의 행동규범과 윤리적 지침을 제시하여 시간과 공간을 초월한 진리라고 말씀하셨지요.

자기 명리를 아는 사람은 하늘을 원망하지 않는다는 '지명자 불원천'知命者 不怨天, 구하는 것이 있으면 괴롭고 구하는 것이 없으면 고통이 없다는 '무구무고 유구유고'無求無苦 有求有苦, 내가 하기 싫은 것을 남에게 시키지 말라는 '기소불욕 물시어인'己所不欲 勿施於人, 재앙이란 복이 의지하는 바요 복이란 화가 엎드린 곳이라는 '화혜 복지소의 복혜 화지소복'禍兮 福之所依 福兮 禍之所伏, 아무리 작은 선이라도 행하며 아무리 작은 악일지라도 행하지 말라는 등의 말씀이 가슴속에 화인처럼 새겨져 있습니다. 그동안 이곳저곳에서 주워듣고 체험한 것들이 한

줄로 줄줄이 엮여 내장까지 훑어내려간 느낌이라고 할까요? 일그러지
고 금이 간 제 삶의 구석구석을 청소하고 나니 무엇보다 마음이 편해
진 것을 경험했습니다. 이것만으로도 선생님께선 제게 갚을 수 없는
큰 은혜를 주신 거지요.

제가 선생님의 개인사를 알게 된 것은 선생님과의 인터뷰를 통해서
였습니다. 남동생과 어머니의 죽음, 가정의 분열로 인한 생사의 고뇌
를 떠안은 것이 20대 초반이셨지요. 왜 그리 '죽음'이라는 화두에 매달
리셨는지 이해할 수 있었답니다. 무구무고, 유구유고에 모든 번뇌와
고통과 멍울이 일시에 무너지는 것을 경험하고, 그 비색한 것이 어찌
오래 가겠느냐는 '비종즉경 하가장야'否終則傾 何可長也에 마침표를 찍었
다고 하셨지요. 그렇게 주역과 불교를 양손에 들고 삶의 고뇌를 온몸
으로 뚫고 가셨기에, 선생님의 철저한 '삶'의 문학세계는 저를 감동케
하고 깨닫게 하며, 제 어두운 이마에 영원히 꺼지지 않는 등불 하나 달
아주셨습니다.

선생님과 처음 밤을 지낸 날이 떠오릅니다. 늦가을 비 내리는 길을
걸어 선암사를 둘러보고 여수 경도리조트에서 묵었죠. 이불 위에 나
란히 누워 이런저런 얘기 끝에 하신 말씀이 "내가 젊었을 땐 무척 깍쟁
이고 까다롭고 못됐어. 근데 이렇게 둥글둥글하게 되기까지 얼마나
시련이 있었겠어? 나도 이렇게 살찐 할머니가 될 줄 몰랐다구" 하며
웃으셨어요. 한방에 있던 다른 분과 저도 유쾌하게 웃었지만 아직 선
생님이 어려웠던 저는 선생님의 겸손하고 솔직한 발언이 얼마나 인간

적이었던지요.

그리고 두 번째로 선생님과 밤을 지낸 곳은 공주 동학산장이었습니다. 벽 쪽에 붙어 누우신 선생님께선 '수필은 자기완성을 위한 영혼의 계단 밟기'라면서 말문을 여셨어요. 인공지능의 시대를 예견하면서 인공지능에게 없는 감성과 철학, 자기인식과 견처見處가 중요하다셨지요. 그러면서 수필의 중요성과 쓰기에 대한 얘기며 '마음'에 대한 말씀까지, 이불 위에서 주옥 같은 강의를 들었던 호사스런 밤이었습니다.

"자네는 자네의 길을 가면 돼." 제게 어려운 일이 있을 때마다 선생님께서 해주신 말씀입니다. 죽비처럼 느슨한 마음을 깨우는 이 한마디에 얼마나 큰 위로와 용기를 얻곤 했는지요. 제가 오늘 이 자리에 존재할 수 있는 가장 큰 이유 중 하나라고 할 수 있습니다. '그래, 나의 길을 가야지' 하고 다잡았던 눈물의 시간들이 이제 감사의 시간이 되어 돌아옵니다. 선생님께선 저뿐만 아니라 어려움에 처했거나 슬럼프에 빠진 사람을 살리는 분이시죠. 일일이 손 내밀어주고 꺾인 무릎을 세워주는 것을 보면서 작가 이전의 모습, 생명을 살리는 어머니의 모습을 보았습니다.

수필문단을 위해『젊은 수필』을 기획하고, 지금은『더 수필』로 좋은 수필을 발굴하여 수필 대중화에도 힘쓰고 계시지요. 이렇듯 한 인간으로서, 수필가로서 자기완성을 위한 지극한 성誠과 겸謙과 경敬을 실천해오신 선생님. 광활한 벌판, 깊고 고요한 바다, 푸른 밤하늘에 빛나는 별, "사바고娑婆품를 떨구고 빛나는 나목" 같은 선생님의 문학세계를 마치 선생님인 듯 가슴에 품고 걸어가겠습니다. 늘 제 등을 두드려 주며 "자네의 길을 가라"고 하던 말씀, 지팡이 삼아 가겠습니다. 시간의 강가에서 무주無住의 시간 위에 계신 선생님, 이 세상 모든 감사의 마음을 모아 전합니다.

"고맙습니다."

'한 방'의 꿈

"인생 뭐 있어? 한 방이면 돼~" 눈이 번쩍 뜨일 만큼 속 시원한 이 한마디는 성실한 노력보다 일확천금을 노리는 자의 허풍이 빵빵하게 들어 있다.

한때 나는 이런 '한 방'을 애타게 기다렸다. 아이들을 키우며 직장생활을 했던 시절, 음식을 장만하는 것이 가장 힘들었다. 도대체 언제부터 사람은 하루에 아침, 점심, 저녁이라는 구분 아래 세 번씩이나 밥을 먹은 것인지, 다른 방법은 없는지 골똘히 생각하게 되었다.

그래서 아침과 점심만 먹고 저녁엔 위장을 비우는 습관을 오래 지켜왔다면 오늘날 비만과 연관된 성인병은 없었을지도 모른다는 예상과, 그러면 여자들의 저녁시간이 얼마나 자유로웠을까라는 상상과, 그 시간에 차를 마시고 대화를 하거나 독서를 했다면 세상의 악은 훨씬 더 많이 사라졌을 거라는 공상과, 한 끼 식사값을 저축해서 문화예술 분야에 지출했다면 인간의 영혼이 더 풍요로워졌을 거라는 환상을 품어보았다. 그러나 이 모든 게 나 혼자 편하고 싶은 이상이 아닌가 싶으면서 문득 떠오른 것이 '한 방'에 해결되는 '한 알'이었다.

64가지 우리 몸에 필요한 영양소가 다 들어 있다고 선전하는 한 알의 약 속에, 탄수화물과 지방과 단백질까지 넣어 포만감을 주는 한 알을 만들면 될 것 아닌가. 배고플 때 그 한 알만 먹으면 밥보다 훨씬 질 좋은 영양소를 섭취하고 시간을 절약하고 돈을 절약하고 질병도 예방한다면 일석사조라는 생각이 들었다. 왜 그런 약이 없는 걸까. 왜 제약사는 그런 약을 안 만드는지 안타까웠다. 분명 '한 방'에 대박날 텐데 말이다.

그러다 아이들이 출가하면 부엌에서 좀 자유로워질 거라는 생각이 망상이란 것을 알고 거의 포기하며 살던 어느 날, 자전거 선수인 지인으로부터 가나초콜릿같이 생긴 것을 받았다. 먹어보니 땅콩버터 냄새가 나는 고소한 맛에 달지 않은 캐러멜이었다. 미국에서 개발된 것으로 비상식량인데 운동선수들이 즐겨 먹는다고 했다. 포장지엔 하루치 필요 영양소와 한 개를 먹을 때 섭취하게 되는 영양소가 표기되어 있었고, 그것 하나만 먹으면 한 끼가 한 방에 해결되는 것이었다. 나는 복권이라도 당첨된 듯 쾌재를 불렀다. 생각보다 그리 비싸지 않았지만 정식 수입품이 아닌지라 어렵사리 한 박스를 샀다. 부엌 서랍 속에 모셔놓고 밥하기 힘든 날은 남편과 한 개씩 먹을 생각을 하니 허파에 바람이 든 듯 콧노래가 절로 나왔다.

그런데 서너 번쯤 먹었을까. 나의 장황한 설명에 울며 겨자 먹기로 따라 먹던 남편이 자기는 앞으로 안 먹겠다고 선포를 하는 게 아닌가. 영양가 없어도 좋고 질병에 걸려도 좋으니 그냥 밥으로 달라고 했다. 결국 복권의 행복은 일주일도 채우지 못하고 끝나버렸다. 혼자 먹어야 하는 '한 방'은 아무런 의미가 없어 유통기간을 채우고 쓰레기통에서 효력을 상실했다.

나 역시 속으론 왠지 헛헛했다. 속이 빈 줄 알면서 먹는 공갈빵처럼 채워지지 않는 욕망의 그림자가 "공갈이야, 공갈"하며 놀리는 것 같다. 합리적인 가격과 충분한 영양소, 우아한 여백까지 갖춘 황홀한 식사시간을 기대했건만, 그것은 허상이었다. 요리할 시간에 TV 채널이나 돌리고 앉아서 쇼핑호스트의 과대포장에 홀딱 넘어가 사들인 물건이 반찬값의 수십 배에 달했고, 각자 초콜릿바 하나씩 들고 컴퓨터 앞에서 식사를 해결하니 남편과 얘기할 시간이 줄어들었으며, 함께 앉아 있을 시간이 줄어드니 남편 얼굴이 몇 년 만에 만난 시삼촌처럼 맨숭맨숭해졌다. 불기운과 음식 냄새가 사라진 저녁시간은 변심한 남자의 마음처럼 싸늘했고 정신의 허기를 몰고 왔다.

배고픔이 사라진 시대에 한 끼 식사는 이제 '한 알'로는 대체할 수 없는 문화가 된 것이다. 어떤 음식을 선택하고 어떻게 요리할 것인지에 따라 건강과 질병치료에 도움이 되는 한 끼가 되며, 어떤 사람과 어떤 공간에서 먹느냐에 따라 교감과 소통의 한 끼가 된다. 그래서 한 끼를 함께 한다는 것은 장기 없는 인공지능 로봇이 결코 대체할 수 없는 영역이며 진화된 욕망인 것이다.

어느덧 아이들이 떠난 공간에서 남편과 나를 이어주는 가장 중요한 장소는 식탁이 되어버렸다. 아침에 식탁에서 만나 간단한 식사와 차를 마시고, 낮엔 각자 헤어져 시간을 보내다 저녁에 식탁에서 만난다. 함께 식사를 하며 하루 동안 있었던 일을 얘기하고, TV를 보며 세상과 사회를 바라보는 시간을 통해 몸과 마음을 채워간다.

여전히 만족스런 한 끼의 식탁을 차린다는 것은 고된 일이지만 '음식이 하늘이다'라는 옛 선조의 말씀을 기억하며 이제 '한 방'의 꿈을 한 방에 날려보내려 한다. 가족을 위해 평생 책임감에 시달린 남편을 위해, 불안한 젊은 시절을 무사히 통과한 나를 위해, 사라져가는 젊음 대신 건강한 노년을 위해, 쓴맛, 단맛, 신맛, 오묘한 맛을 함께 나눌 수 있는 행복을 포기하지 않기 위해 나는 오늘도 한 끼를 준비한다.

P의 실종

오늘 따라 아침 신문에 '돈'과 관련된 기사가 많이 실렸다. 오래 전 돈 때문에 깨진 모임의 후유증이 아직 남아 있는지 돈 이야기에 눈이 번쩍 뜨였다. 자본주의 경제에서 돈을 쓰는 방식은 네 가지라고 한다. 첫째는 내 돈을 남을 위해 쓰는 방식으로 기부나 헌금, 증여가 있고, 둘째는 내 돈을 나를 위해 쓰는 선택으로 투자나 저축, 소비가 있으며, 셋째는 남의 돈을 남을 위해 쓰는 경우로 금융중개나 예산집행 같은 공공행위가 있고, 넷째는 남의 돈을 나를 위해 쓰는 방식으로 횡령, 사기 등의 범죄가 있다고 했다. 평소 경제관념이 부족해 집안에서 '헛똑똑'이라는 별명이 붙은 내가 이 기사에 시선이 모아진 것은 네 번째 일이 어쩌면 '나의 일'이 될 것 같은 예감 때문이었다.

아이가 중학교에 입학하면서 지역을 중심으로 일곱 명의 엄마들이 모였다. 정보를 주고받으며 적당히 긴장하고 날로 길어지는 수다 속에 끈끈한 친밀감이 생겼다. 급기야 집에서 살림만 하던 여자들이 마치 무슨 회사라도 하나 차릴 듯한 기세로 회칙과 회비와 회장까지 정하며 'ㅇㅇ회'를 만들었다. 회장을 자처한 P는 튀어나온 뱃살을 전혀 고민하지 않는 느긋함과 활달한 성격의 소유자로 모두가 좋아했다. 그녀는 각 가정의 경조사를 챙기고, 유익한 정보가 있으면 일일이 연락을 해줬고, 남편이 출장 갔다왔다며 제법 좋은 선물을 우리에게 안기곤 했다.

아이들은 자라 각기 다른 대학으로 진학하고 이사한 사람도 있었지만 모임은 세월이 무색하게 점점 열기를 띠었다. P가 회장을 한 지 한 7년쯤 됐을 때 남편이 돈을 잘 벌어 강남의 H아파트로 이사를 간다는 그녀는 차를 고급 외제 승용차로 바꾸더니 옷차림도 눈에 띄게 달라지기 시작했다. 경제적으로 여유도 있고 적극적인 그녀가 회장을 계속하는 것에 불만인 사람은 하나도 없었다.

그렇게 2년이 더 흐른 어느 날 P가 실종됐다. 모임 날에 예고도 없이 안 나오고 전화는 불통이었다. 우리가 아는 것이라곤 그녀의 전화번호와 H아파트에 산다는 것, 그리고 아들이 다니던 대학교 이름 정도였다. 수소문해보니 P는 H아파트에 처음부터 살지 않았으며 오래전에 이혼하고 다른 남자와 산다는 것이다. 엄마들의 반응은 각기 달랐다.

"무슨 사정이 있겠지. 우리한테 그렇게 잘 했는데…."

"뭔가 이상했어. 언젠가 내가 통장 좀 보자니까 갑자기 화를 내는 거야. 사람을 그렇게 못 믿냐구. 그럼 나보고 회장하라며."

"P가 얼마나 부잔데 그까짓 우리 회비 때문에 안 나타나겠어?"

"그래도 P 덕분에 우리가 얼마나 잘지냈어. 좋은 구경도 많이 하고. 그리고 집안 경조사를 그렇게 일일이 챙기는 게 쉬운 일이야?"

"난 모든 것을 떠나서 우리가 근 십 년을 만났는데 어떻게 우리한테 이혼했다는 말은커녕 표시 한번 안 냈는지 그것이 제일 서운하고 배신감을 느껴."

"그나저나 우리 회비가 도대체 얼마나 있는 거야?"

어느 엄마의 질문에 뜨악한 표정으로 불안과 불길한 눈빛을 나누던 여자들은 그때서야 허겁지겁 종이와 계산기를 꺼내놓고 진지한 계산에 들어갔다. 회비를 모아 집 한 채를 사서 노년에 공동 별장으로 쓰자는 부푼 꿈으로 만날 때마다 식대는 따로 걷었고 여행 경비도 따로 걷었다. 회비에서 지출된 것은 각 집의 경조사비 이외엔 없었으니 대충 계산이 나왔다. 3년 정도 후면 시골에다 허름한 집 한 채는 살 수 있겠다던 P의 얘기가 얼추 맞았다. 우리가 계산한 금액에서 칠 분의 일이 각자의 돈이니, 크다면 크겠지만 집안이 뒤집힐 정도의 금액은 아닌지라 우리들은 P와 지내온 날들을 되살리며 그녀의 말을 퍼즐처럼 맞춰나가는 데 정신을 집중했다. 놀라운 점은 여섯 명의 엄마들이 P에 대해 알고 있는 것이 다 제각각이란 것이었다.

누구는 그 많은 이야기를 지어낸 P가 불쌍하다고 했고, 누구는 열 명의 파수꾼이 한 명의 도둑을 못 지킨다고 했고, 누구는 뭐니뭐니 해도 머니가 문제지 그 놈의 머니만 아니었더라면 P가 그럴 사람이 아니라고 했고, 누구는 처음부터 계획된 사기였다고 했고, 누구는 법적 처벌을 강행해야 한다고 했고, 누구는 우리한테도 책임이 있다고 했다. 그렇게 분분한 의견과 숱한 의문을 남긴 채 지금까지 P의 행적은 여전히 오리무중이다.

P의 실종은 누구보다도 내게 성수대교가 무너진 것 같은 충격이었다. 수더분하고 넉넉한 입심과 마음씨 때문에 나는 그녀를 친정언니처럼 믿고 좋아했다. 언젠가 교통사고로 아이 둘 다 팔이 부러지고 우리 부부는 크게 타박상을 입어 한 달 동안 입원한 적이 있었다. 친정엄마도, 시어머니도 없던 내게 P가 일주일에 한번씩 보양식을 만들어 병문안을 왔었다. 퇴원하고 건강해진 아이들도 그녀가 강남으로 이사갈 때까지 그녀를 이모라 부르며 친하게 지냈다. 엄마들의 이야기를 들으며 충격이 허탈로, 허탈이 체념으로 옮겨갔다. 어디서부터 어디까지 맞는 말이고 무엇이 거짓말인지 헤아린다는 것이 무슨 소용인가. 아무것도 확인된 것 없이 추측으로만 그녀를 범죄시한다는 것 또한 범죄인지도 모른다. 그저 그녀와 나누었던 다정했던 한때까지 부정하고 싶지 않았다. 그땐 분명 진실이었다고 믿고 싶을 뿐.

돈이란 무엇인가를 생각하게 했던 그 사건 이후 '내 이름으로 쓰는 돈만이 내 돈'이라는 나의 모토를 조금 바꿨다. '내 이름으로 쓰는 내 돈만이 내 돈'이라고. 그리고 돈으로 살 수 없는 가치와 의미들에 대해 생각해보았다. 일하며 흘린 땀방울, 너를 위해 흘리는 나의 뜨거운 눈물, 모르는 너를 위한 나의 기부. 밤을 새워 완성한 한 폭의 그림, 혹은 한 편의 시, 책 속에서 찾는 삶의 진실 등. 돈으로 채울 수 없는 삶의 허기는 이런 것들로 채워지는 것 아닐는지. 언제나 당당하고 호탕한 그녀가 부러웠던 나는, 그녀가 떠난 자리에서 그녀가 한없이 가엾어진다.

초원의 빛

"첫사랑이 아름다운 것은 이루어지지 않아서다"라는 말이 있다. 러시아 심리학과 학생이던 블루마 자이가르닉과 그녀의 스승인 사상가 쿠르트 레빈(1890.9.9~1947.2.12)이 제시한 '자이가르닉 효과'는 끝마치지 못하거나 완성되지 못한 일은 마음속에 계속 떠오른다는 이론이다. 어떤 일이 중간에 멈출 경우, 문제에 대한 해결이 없다고 여겨 계속 긴장상태를 유지하고 기억하게 되는데, 이루어지지 않은 첫사랑을 오래 기억하는 심리현상이 그 대표적인 사례라고 한다.

나 역시 그랬다. 18살에 만나 23살에 헤어진 첫사랑을 부적처럼 마음에 지니고 살았다. 삶이 나를 생채기낼 때마다 혼자 슬그머니 꺼내보면 그것은 내 음울함을 잠시 커튼 뒤로 사라지게 하는 마법을 부리곤 했다. 효력이 없어지기 전까지 그것은 오랫동안 내 마음 속 가장 깊은 오지이며 동시에 성지였다.

영혼과 육체, 신과 사랑 사이에서 갈등하던 그와 나는 5년 동안『좁은 문』의 알리사와 제롬 같은 영적인 사랑을 했었다. 그러다 헤어진 지 32년 만에 페이스북에서 그를 보았다. 외국에서 큰 교회 담임목사로 설교하는 장면이었다. 순간 슬픔인지 설움인지 모를 뜨겁고 아린 통증이 신음에 섞여 나왔다. 하아 그렇게 먼 곳에 있어 우연히도 만날수가 없었구나. 그리고 거룩한 목사님이 되었으니 첫사랑이라는 구실로도 이젠 만날 생각은 말아야겠구나, 하는 체념이었다.

첫사랑에 대한 궁금증도 그리움도 거의 희석되어갈 무렵인 3년 후에 그로부터 메일이 왔다. 헤어진 지 35년 만이었다. 이미 그의 안부를 알고 있던 나는 차분했고 그는 흥분상태였다. 한동안 지난 날을 추억하는 회고담이 오고갔다. 흑백영화의 배경처럼 스쳐가는 장면들을 떠올리며 춥고 배고팠던 시절, 순백의 사랑으로 충만했던 한 시절을 불러내며 잠시 행복에 젖었다. 그러다 두세 달이 지나니 별로 할 말이 없어졌다. 오랜 세월 목회자로 살아온 그의 인생과 인간적인 고뇌와 상처로 얼룩진 나의 인생은 더 이상 공통분모를 찾을 수가 없었다. 슬쩍 후회가 되었다. 찾지도 말고 연락도 받지 말고 그냥 가슴에 품고 살걸. 그동안의 모든 궁금함이 사라져버리는 순간 그리움도 같이 사라져버린 기분이다.

중학교 3학년 때 영화〈초원의 빛〉을 보며 손수건을 짤 정도로 울었다. 한번도 사랑을 해보지 않았는데 나는 주인공 윌마(나탈리 우드)의 감정에 완전히 몰입되었다. 월마는 사랑하는 남자 버드(워렌 비티)가 청교도적인 순결함을 지키려했던 자신을 버리고 다른 여자와 어울리자 자살을 시도한다. 신경쇠약으로 정신병원에 입원했던 월마가 병원에서 나와 첫사랑을 찾아갔던 장면이 아프게 남아 있다. 챙이 넓은 흰모자를 쓰고 흰 원피스를 입은 월마의 눈부신 아름다움을 운명의 신이 질투한 것일까. 각자의 삶을 서로 인정하며 돌아서는 월마의 눈에 눈물이 흐른다. 그리고 엔딩 화면을 따라 워즈워스의 시 「초원의 빛」이 흐른다.

여기 적힌 먹빛이 희미해질수록/ 그대를 향한 마음 희미해진다면/ 이 먹빛이 하얗게 마르는 날/ 나는 그대를 잊을 수 있겠습니다./ 초원의 빛이여… 꽃의 영광이여…/ 다시는 돌아갈 수 없다 해도 서러워 말지어다/ 차라리 그 속에 깊이 간직한 오묘한 세월을 찾으소서….

결혼해서 평범한 가장으로 살고 있는 첫사랑을 만난 월마의 눈에 어린 반가움이 체념으로 바뀌는 순간, 문제의 본질을 깨닫는 그 순간이 바로 인생에서 한 페이지가 넘어가는 순간이다. 다시 돌이킬 수 없다는 것을 깨닫는 순간에 찾아오는 뜨거운 초연함으로 차가운 이성을 획득하는 것. 인생에서 다가오는 것들이 무엇이든, 담담히 받아들일 수 있는 힘은 이런 체념과 이별에서 얻어지는 게 아닐는지. 만약 월마가 버드를 찾아가지 않았더라면 자신의 길을 가는 데 더 오랜 시간이 필요했을 것이다. 그리고 먼 훗날 그와 이루지 못한 사랑은 훼손되지 않은 채 봉인되어 더 아름답고, 어쩌면 그와의 추억을 간직한 채 살아가는 것을 다행으로 여길지도 모른다. 사랑과 이별이 주는 상처는 살아가는 데 또 다른 힘이 될 테니까.

그가 목회자가 되어 설교하는 모습을 보며 나는 내 마음 속에 간직한 부적을 떼어냈다. 아마 그도 수필가가 되어 있는 나의 모습을 보며 그랬을 거다. 확인을 하고 확인되어진다는 것은 때론 잔인하다. 그러나 망상이 아닌 현실적 체념이 또 다른 자유의 길로 나를 안내할 것이다. 궁금함은 사라졌지만 '자이가르닉 효과'가 끝난 것은 아니다. 나는 메일 주소록에서 그의 이름을 지웠다. 대신 그 자리에 '초원의 빛'을 저장한다. 우리가 함께했던 고뇌와 갈등의 시간들, 별빛 달빛보다 찬란했던 순간들, 안타깝게 이루지 못한 사랑의 회억, 다시는 돌아갈 수 없음에 더 아름다운 나의 첫 사랑. 그 기억만을 간직하기로 한다. 초원의 빛이여, 꽃의 영광이여.

헤라와 펑리위안

무소불위, 전지전능한 신이 아니다. 인간적인 너무나 인간적인 신이다. 그렇다고 인류애적인 사랑? 없다. 죽기 살기로 싸우고 질투하고 욕망을 분출한다. 인간의 본능을 고스란히 지니고 있는 원형이다. 인간보다 더 적나라한 그리스의 신들을 따라가다보면 지금의 우리와 다를 바가 없다. 수천 년 동안 발달한 과학문명에 비해 인간의 본질이 발전은커녕 달라진 게 없다는 사실은 차라리 위로가 된다. 권력을 지키기 위해 자식을 죽이는 것은 다반사이고 배신에 대한 복수는 처절하다. 욕정을 위해서 갖은 술수와 모략을 마다하지 않으며, 불의라도 도움을 요청하면 연민을 베푸는 인간적인 신들. 완전하지 못한 그리스의 신들 이야기는 오늘날 우리들의 이야기이기도 하다. 그 중에 여자 망신시키는 헤라 여신이 있다.

크로노스와 레아 사이에 태어난 헤라는 제우스와 남매이며 나중엔 제우스의 세 번째 부인이 된다. 그녀는 올림포스에서 제일 높은 여신으로 결혼한 여인들의 수호신이며 가정의 신이고 질투의 여신이다. 아프로디테, 아테네와 함께 3대 미녀에 속하며 공작, 석류, 백합이 헤라를 상징한다. 우아하고 아름답고 여성성을 나타내는 상징물들에서 느껴지는 것과 달리 그녀는 치졸하고 잔혹한 질투의 화신이다. 바람둥이 남편 제우스가 저지르는 부정에 불같이 화를 내고 남편의 여자들과 자식들에게 가차 없는 저주와 벌을 내린다.

다른 여자를 따라다니며 배다른 자식을 낳는 남편 제우스를 이해하고 사랑한다면 그것도 비정상일 거다. 그러나 그것도 한두 번이지 매번 남편과 싸우는 헤라가 답답하고 한심하다. 열 명의 파수꾼이 한 명의 도둑을 못 막는다 했듯이 온 세상을 돌아다니며 작정하고 바람피우는 남편을 어찌 막을 수 있단 말인가. 목숨 내놓고 싸워서 버릇을 고치든지(물론 불가능하겠지만), 진즉 포기하고 가정의 신답게 이해하고 용서하며 살든지, 그 꼴 보기 힘들면 이혼하고 혼자 살든지, 아니면 다른 남자를 만나 살든지 할 것이지, 남편이 바람피우는 곳마다 쫓아다니면서 감시하고 훼방하고 복수하는 것이 가정의 신이라면 이름이 좀 아깝다. 그렇게 남편을 관리하는 것이 가정을 지키는 것으로 안다면 헤라의 여신 자격을 박탈해야 한다. 최근 시진핑 주석의 아내 펑리위안이 세상의 여자들을 향해 한 말이 그것을 뒷받침한다.

"똑똑한 남자는 관리할 필요가 없고, 멍청한 남자는 관리해도 소용이 없고, 당신을 사랑하는 남자는 관리하지 않아도 되고, 당신을 사랑하지 않는 남자는 관리할 자격이 없다. 때문에 당신은 열심히 여자로 살면 되는 거다."

이 말에 의하면 모든 여자들이여, 너나 잘 하세요이다. 이어서 남자한테 신경쓰고 참견할 시간에 책 읽고 자립심을 키우며 피부와 몸매 관리를 하며 관계에선 너그러워야 한다고 말한다. 타인에 대한 이해와 포용력을 가진 당당하고 아름다운 여성으로 살아가라는 이야기다.

몇 달 전, 20개월의 투병기간을 끝낸 친구가 저세상으로 갔다. 발병 당시 친구는 내게 묻지도 않은 말을 했다. "남편이 내게 줄 수 있는 것만 바라보고 살면 될 것을…. 내게 사랑을 주지 않는 남편이 미워서 분노하고 증오하고…. 그래서 내가 병이 든 것 같아."

그녀의 남편에겐 결혼 전부터 다른 여자가 있었다. 너무 괴로워하는 그녀에게 나와 친구들은 이혼을 권했다. 그 이후로는 친구들 모임에서 늘 남편 칭찬을 하기에 문제가 해결된 것으로 알았다. 그런 그녀가 발병 원인을 남편이라고 한 것은 가슴 아픈 충격이었다. 돈 잘 버는 그녀의 남편은 박사님에 장로님이었고 내 친구는 대학강사에 권사님이었다. 나와 친구들은 그녀에게 모범적이고 다복한 가정이라며 부러움 섞인 칭찬을 쏟아냈다. 끝까지 남편의 비밀을 지켜준 그녀가 진정 지키고 싶었던 것은 무엇이었을까. 가정? 명예? 재산? 아니면 사랑? 만약 그녀가 헤라처럼 남편의 여자에게 어떤 방법으로든 복수를 했다면, 아니 복수는 아니더라도 자기의 처한 현실을 솔직하게 드러내고 주위에 고통을 호소했더라면 어땠을까? 그리고 평리위안의 말처럼 관리할 자격 없는 남자라 여기고 열심히 여자로 살았다면 지금쯤 잘 살고 있지 않았을까 하는 생각에 안타까운 마음이 든다. 얄미울 만큼 이기적인 복수로 자신의 질투와 분노는 해소하고 힘 빠진 제우스와의 훗날을 기약한 헤라가 현명한 것일 수도 있겠다. 그렇게 가정을 지켜낸 헤라 할머니와 구박덩어리 늙은 제우스의 사랑 이야기가 평범한 우리들의 이야기일지도 모른다. 그렇다면 이쯤에서 헤라를 다시 가정의 신으로 인정하기로 한다.

젊었을 때는 온몸과 마음이 델 것 같은 사랑이었다. 그렇다고 중천에 뜬 해가 기우는 시절이라 해서 사랑 따위 없어도 되는 것은 아니다. 사랑만 있으면 살 줄 알았던 시절을 보내고, 움직이고 변하는 사랑과 함께 성장하고 함께 늙어간다. 거친 폭풍우 속을 통과하며 인정과 용서로 삭은 사랑은 따뜻한 연민이 되어 함께 있는 것만으로도 편안해진다. 오랜 세월 함께한 성숙한 부부의 모습이다. 친구의 죽음 이후 삶에서 가장 소중한 가치는 '가정'이라고 생각하게 되었다. 헤라처럼 질투와 복수를 드러내며 가정을 지켜낼 것인지, 남편이 바람을 피우든 말든 열심히 나를 관리하며 당당하고 아름다운 여자로 살 것인지는 친구가 알려주었다. 펑리위안은 열심히 '여자'로 사는 여자가 모든 것을 지켜낸다고 암시하고 있다. 누구에게 기대어 이루는 것이 아니라 나 스스로 당당하고 아름다울 때 사랑도, 가정도, 내 삶도 완성된다는 뜻일 게다.

싸리나무 화가

울산시 정자동 해안가 끝에 자리한 그의 작업실을 찾았을 땐 오후 햇살이 바다를 핥고 있었다. 머리 위를 나는 갈매기들이 주인보다 먼저 인사를 한다. 잔잔한 파도는 내 기억 속의 과거와 현재를 이어주듯 끊임없이 뒤척이며 숱한 추억들을 안고 달려들었다. 파도가 거품 물고 사라지는 백사장에서 10여 미터 거리에 자리한 하얀 건물은 굳이 '화가의 집'이라는 설명이 필요치 않았다.

심수구 화백은 지름이 1센티미터 미만인 싸리나무를 재료로 하는 작업도 독특하거니와 구릿빛 피부에 소년 같은 천진한 미소가 매력적인 분이다. 느릿한 경상도사투리에 사시사철 두꺼운 청바지를 즐겨 입는 모습에서 시골 아저씨를 연상케도 하지만, 작품 속에 녹아 있는 철학이나 다도에 심취한 모습을 보면 진정한 자유인을 느끼게 한다.

잘 마른 싸리나무를 2~3센티미터 길이로 자른 후 나무 패널에 세로로 붙이는 것이 그의 주된 작업이다. 그래서 그의 이름 앞에는 늘 '싸리나무 작가'라는 수식어가 붙는다. 작게는 10호에서 크게는 100호가 넘는 작품들은 나무껍질의 짙은 갈색과 단면인 흰색이 총총히 어우러지며 돌, 숲, 길, 바람 같은 주제를 나타내고 있다.

　전시실은 2층이다. 문을 들어서자 80평 남짓의 유리창 가득 바다가 마주보고 있다. 하늘과 몸을 맞대고 누운 선을 바라보니 마치 해안가에 서 있는 듯 발밑으로 파도가 기어올라올 것 같은 착시를 일으킨다. 전시실의 한 면이 바다인 곳에서 만나는 그의 작품은 여느 전시장에서 본 것과 느낌이 다르다. 싸리나무가 비스듬히 누운 것은 그 결을 따라 비릿한 해풍이 쓸려가고, 듬성듬성 돌을 박아놓은 것은 돌을 따라 흐르는 계곡 물소리가 들려온다. 잔가지를 묶어 숲 모양을 낸 작품에선 바다를 그리워하는 자들의 고독한 숨소리가 우수처럼 날리는 듯하다.
　빼빽이 들어찬 싸리나무 사이로 길이 나 있는 작품에 시선이 머문다. 하단에서 시작된 길은 여러 갈래로 나누어진다. 어느 길을 선택하든지 길은 좌, 우, 상단으로 열려 있다. 내가 가고자 하는 곳으로 나 있는 길은 지름길도 있고 우회하는 길도 있다. 내 눈길은 돌아가는 길로 들어선다. 조금 멀겠지만 싸리나무 향기에 취하고 돌에 앉아 아픈 다리를 쉬어가며 젖은 눈시울을 말린다. 마침내 다다를 그곳에 필요치 않은 슬픔일랑 버려가며 길을 간다. 그리고 길이 끝난 그곳에서 나는 가보지 못한 길에 대한 미련도 품지 않고 내가 돌아온 길에 대한 후회도 갖지 않는다.
　전시실 구석에 미처 걸지 못한 작품 하나가 눈에 들어온다. 싸리나무 숲 속에 현대 무용사진을 배치한 것이다. 모든 소재가 자연물인 것과 달리 인위물이 섞여 있다. 그러나 그 부조화 속엔 자연과 인간이라는 운명적인 어울림이 사진 속 무용가의 몸짓을 따라 꿈틀거리고 있다. 인간에게 세상의 자연을 지배하고 다스리라고 누가 허락하였던가. 같은 생명을 지닌 존재들끼리 몸 부대끼며 의지하고 살아가는 세상이다. 작가는 자연 속에서 춤추는 원시적인 인간의 모습을 재현하고픈 것일까. 싸리나무 숲 속에서 춤추는 여인과 눈을 맞추는 동안 단절되고 억눌렸던 의식이 너울너울 숲 속으로 사라져간다. 전시실에 있는 모든 작품엔 제목이 없다. 보는 사람에 따라 제목이 다를 수 있음을 배려한 것이리라. 작가는 자유롭게 느끼게 하기 위함이라고 말한다.

동아대 교수인 그를 처음 만난 것은 3년 전 서울 어느 전시장에서였다. 묵직한 갈색 톤의 싸리나무로 만든 작품들이 중후한 멋과 함께 원시 자연의 편안함을 느끼게 했다. 인테리어 전문 잡지에서 가구와 함께 럭셔리한 멋을 풍기며 한 면을 장식하고 있던 작품들을 직접 보게 되자 작가와는 초면임에도 불구하고 반가움이 앞섰다. 그리고 몇 번 우리 집으로 초대한 것이 인연이 되어 그의 울산 작업실을 방문하게 된 것이다.

작업실과 수업을 위한 교실이 있는 3층은 편안한 레스토랑 같은 분위기였다. 책과 음반이 가득한 벽면 옆으로 특이한 다기들과 차들이 즐비한 차상 앞에 앉으니 눈앞에 또 바다가 따라와 있다. 그리고 먹물의 농도가 조금씩 짙어지면서 하늘과 바다가 이내 어둠 속으로 숨어

들었다. 숙소인 4층 테라스에 앉았을 땐 흰 띠를 두른 파도만이 빛을 발하고 있었다. 실내에 불을 켜자 바다가 나를 바라본다. 싸리나무 숲을 헤매며 무수히 넘어지고 미끄러졌던 마음을 내려놓는다. 창문을 연다. 바람은 기다렸다는 듯이, 아니 오래 오래 기다렸다며, 그리고 오래 오래 기다릴 거라며 나를 안는다. 바닷물 같은 차를 마시며 나는 바다의 풍경이 된다. 싸리나무 화가가 웃고 있다.

균형 의지로 충일한, 숭고한 그리움의 미학

유성호/ 문학평론가, 한양대학교 국문과 교수

1. 삶의 아름다움, 수필의 아름다움

'수필隨筆'이란 작가 자신의 구체적 경험과 그로부터 얻은 섬세한 지적 충격들, 그리고 풍요로운 예술적 감성이 결합하여 구현되는 산문 문학이다. 그것은 작가의 개성적 예지랄까 세계 인식의 줄기들을 고백적 언어에 담아감으로써, 특유의 계몽적 감염력을 독자들에게 선사하게 된다. 작가의 경험적 사유와 감각을 바탕으로 한 투명한 전언은 작가 스스로의 인생관과 교양과 언어 감각을 선명하게 드러낸다고 할 수 있을 것이다. 그만큼 수필가들은 삶에서 얻은 사유와 감각을 진솔한 주관에 의해 표현함으로써 스스로의 예술적 역량을 넉넉하게 보여주게 된다.

정진희의 이번 수필집은 작가의 오랜 경험에서 추출한 지혜와 감성을 우리에게 풍부하게 전해주는 탁월한 고백록이다. 그 안에는 삶의 소중함과 고단함, 그 과정에서 마주치게 되는 깨달음과 감사함의 순간들이 빼곡하게 들어 있다. 가령 작가는 다양한 시공간에 대한 또렷한 기억을 통해 특정 주제에 대해 독자와 소통하려는 친화의 의지를 강하게 보여주는데, 그래서 그녀의 수필은 우리에게 삶에 대한 성찰이라는 문학 본연의 역할과 의미를 진정성 있게 경험케 해주는 귀납적 언어로 다가오고 있다. 자신의 존재론적 기원起源은 물론, 살아오면서 만나고 사랑했던 숱한 타자들을 소환하면서 그녀는 그네들에게 알맞은 고유의 이름을 건네준다. 이 모든 것이 삶의 아름다움이 수필의 아름다움으로 이어진 사례들일 것이다.

2. 정신적 원적原籍으로서의 모성과 반성적 사유의 언어

정진희 수필이 쓰인 중요한 바탕에는 사람, 책, 여행, 영화 등이 키워드로 숨겨져 있다. 내용으로 저변을 넓히면 그 순간에 대한 그리움과 아쉬움과 당찬 다짐이 섞이면서 정진희 수필의 커다란 정서적 스케일을 이룬다. 우리의 귀와 눈을 울리는 명편名篇들은 한결같이 타인의 생각과 태도에 심미적 충격을 선사하려는 의지를 보여주는데, 그만큼 그녀의 수필은 오랜 경험과 사색을 담은 정성스러운 깨달음을 활달한 문체로 전달하여 읽는 이들로 하여금 역동적 자기 투영을 가능하게끔 해준다. 이러한 세계 가운데 정진희의 개인사랄까 사적私的 고백이 담긴 작품들부터 읽어보도록 하자.

그리고 엄마의 곡진한 기도의 힘으로 우리 네 형제가 무탈하게 살아간다고 믿는다. 보슬비가 내리는 날이면 이 노래가 생각나고, 옥빛 한복을 입고 법당에서 절하던 엄마의 뒷모습이 그리워진다.

—「보슬비 내리는 거리에」

　　내 딸이 외로움에 지쳐 걸었을 길, 앞으로 용기 있는 엄마가 되어 '야난'처럼 걸어갈 길, 아주 먼 과거로부터 지금까지 모든 딸들이 걸어왔을 길을 걸어간다. 반딧불이도 덩달아 춤을 춘다.

—「'야난'처럼」

　　어머니에 대한 지극한 그리움을 바탕으로 한 위 작품은 어머니가 즐겨 들으시던 노래에서 제목을 따와 작가 자신이 "엄마의 곡진한 기도의 힘"으로 살아왔다는 것을 고백해간다. 해방 후 단신 월남하여 사시면서 "옥빛 한복을 입고 법당에서 절하던 엄마의 뒷모습"이 생의 갈피마다 떠오르는 순간을 아름답게 보여준 것이다. '보슬비 내리는 거리'는 아마도 작가가 살아온 생의 은유일 것이고, 그곳에서 마주치는 간절한 그리움은 정진희 수필이 자신의 존재론적 기원으로부터 시작되었음을 암시해주는 것일 터이다.

　　이와 반대로 자신의 딸을 대상으로 한 아래 작품에서는 미국에 사는 딸이 해산하는 과정을 통해, 자신도 그 '어머니'처럼, "내 딸이 외로움에 지쳐 걸었을 길, 앞으로 용기 있는 엄마가 되어 '야난'처럼 걸어갈 길"을 축원하고 있다. 먼 과거로부터 지금까지 모든 딸들이 걸어왔을 길을 다시 걸어갈 작가의 딸도 먼 훗날 자신의 '어머니'를 그리워하게 될 것이다. 이렇게 '어머니-작가-딸-딸'로 이어지는 모계 4대의 이야기는 앞으로도 '작가 정진희'의 정신적 원적原籍이 되어줄 것이다.

자유란 외부에서 주어지는 것이 아니라 이미 내 안에 존재하고 있음을. 습관과 타성으로 현상에 함몰되어 근원적인 본체를 자각하지 못한 나의 무지가 나를 억압하고 있었을 뿐이라는 것을.

—「문득, 나는」

불행은 남과 비교할 때 시작된다고 했다. 비교하지 않으면 그런 처지나 상황이 있을 뿐이다. 모든 것은 정신이 부리는 작용이다. 마음먹기에 따라 행복할 수도 불행할 수도 있다. 선택은 마음에 달려 있다. 일체유심조一切唯心造다. 겨울의 혹한 속에서 다가올 봄을 기다리며 행복한 사람이 있는가 하면, 지난 여름의 화려함을 못 잊어 괴로워하는 사람도 있다. 그런 것을 알고부터 불행은 점점 물러나고 긍정만으로도 행복하게 되었다. 모든 것이 인연 따라 일어났다가 인과응보로 돌아가는 것을 보며 잘 살아야겠다고 마음을 다잡는다. 공자의 인위적인 '예禮'가 필요치 않는 노자의 '무위無爲'한 세상을 꿈꾸어본다.

—「행복에 대하여」

김중식의 시 「이탈한 자가 문득」에서 암시받은 절실한 발견의 순간을 담은 위 작품은 "자유란 외부에서 주어지는 것이 아니라 이미 내 안에 존재하고 있음을" 깨달아가는 과정을 보여준다. 그동안 습관과 타성에 빠져 근원적 본체를 깨닫지 못했던 스스로에 대한 반성적 자각 과정이 수필 장르의 본령을 만나게 해준다. 그런가 하면 아래 수필에서는 '불행-행복-행불행'이라는 코드를 중심으로 하여, 모든 난경難境이 사실은 행복으로 가는 길이었음을 받아들이는 고백을 담고 있다. 불행에 뿌리 내리고 슬픔으로 자란 들풀처럼 작가는 "모든 것은 정신이 부리는 작용"이며, '일체유심조一切唯心造'라는 지혜를 따를 때 작은 긍정만으로도 행복하게 되었음을 되뇌는 것이다. 그래서 작가는 공자의 인위적 '예禮'에 앞서는 노자의 '무위無爲'를 강조하게 된다.

이러한 반성적 사유는 '작가 정진희'의 지성적 측면을 압도적으로 보여준다. 동서양의 텍스트를 폭넓게 가로지르면서 자신의 사유가 가지는 보편성과 절실함을 동시에 표현해가는 그의 필치는 그 점에서 높은 철학적 경지를 획득해간다. 가령 "죄나 잘못을 고백한다는 것은 내 안의 병균을 햇빛에 말리는 것과 같다. 그리고 다시는 그것을 반복하지 않겠다는 다짐이기도 하다"(「고해성사」)라고 고백하는 데서도 그러한 용기와 진정성은 남다른 빛을 발하지 않는가. 이처럼 정진희의 수필에는 정신적 원적으로서의 모성과 반성적 사유의 언어가 깊이 흐르고 있다.

3. 문학 텍스트를 통한 소통과 대화의 다리

다음으로 정진희 수필을 구성하는 핵심 질료 가운데 하나는 체온처럼 다가오는 그녀의 문학적 사유라고 할 수 있다. 이때 그녀의 지성은 극점에서 우리의 오관을 자극한다. '지성'이란 이성적 사유를 바탕으로 한 정신작용으로서 합리성과 진리 충족성을 존중한다. 정진희 수필의 중심에는 이러한 지성의 흐름이 여러 갈래로 가로놓여 있는데, 문학 텍스트에 대한 그녀만의 진중한 경험이 그러한 지성을 형성하고 추동해간다 할 것이다. 세련된 지성의 개입과 실천은 정진희 수필의 비평적 품격을 높여주는 제일의적 원동력이 되어준 것이다. 그 지성의 힘으로 다가간 텍스트들을 한번 읽어보자.

르네상스를 꽃피운 도시로, 문화와 예술의 중심지로 건재하는 피렌체. 단테의 사랑과 슬픔과 눈물인 것 같은 아르노 강물을 따라 피렌체를 떠나며 문득 떠오르는 구절이 있다. "지옥의 가장 뜨거운 곳은 도덕적 위기의 시대에 중립을 지킨 자들을 위해 예약되어 있다."(「지옥편」 제3곡 해설). 명예도 없고 수모 당하는 일도 없이, 오직 자신에게만 충실했던 기회주의자들이 지옥에서 울부짖는 소리가 들리는 듯하다. 갑자기 조국의 위기에 마음이 바빠진다. 빨리 촛불집회에라도 참석해야겠다.

—「최후의 심판」

악과 고통, 고독과 저주를 대담하게 직시하며 선과 악의 이분법적 사고를 넘어 상징과 예술성의 미학을 세운 보들레르. 가난과 절망, 사람들의 냉대와 법원의 유죄 판결에도 굴하지 않고 악의 꽃으로 피어난 시인.

—「보들레르의 도시 파리에서」

세계문학전집 같은 독서물을 어려서부터 접해왔음을 회상한 바 있는 작가는, 그 심미안을 최대한 높여 '단테'와 '보들레르'라는 서양 중세와 근대를 잇는 문학적 전범典範에 대한 지적 모험을 감행한다. 그 개괄과 해석이 전공자의 눈과는 또 다른 경험적 시선으로 충일하게 번져간다.

단테의 사랑과 슬픔과 눈물이 배인 르네상스의 도시 이탈리아 피렌체를 답파踏破하면서 작가는 "지옥의 가장 뜨거운 곳은 도덕적 위기의 시대에 중립을 지킨 자들을 위해 예약되어 있다"라는 『신곡』의 일절을 떠올린다. 나아가 프랑스 상징주의의 대표시인 보들레르의 도시 파리를 찾아서는 "악과 고통, 고독과 저주를 대담하게 직시하며 선과 악의 이분법적 사고를 넘어 상징과 예술성의 미학을 세운" 보들레르의 가난과 절망을 풍요롭게 읽어낸다. 스스로 '악의 꽃'으로 피어난 보들레르의 파리에서 진정한 시인의 위상을 묻고 있는 것이다. 『파리의 우울』과 『악의 꽃』으로 이어지는 보들레르의 생애와 그 뜨거운 존엄성에 대한 작가의 공명 과정이 비교적 긴 호흡으로 이루어진 작품이다.

45년 만에 다시 읽은 『좁은 문』으로 고전이 주는 묵직한 감동에 젖는다. 무신론적 휴머니즘의 선도자인 지드의 문학세계와 생애를 알고 나서 『좁은 문』이 그냥 비극적인 사랑 얘기가 아니었음을 알게 되었다. 생명으로 인도한다는 좁은 문을 통과하느라 잃어버린 인간다움에 바치는 헌사라고나 할까? 아니면, 어쨌든 진리의 문은 좁은 문이니 그리로 가도록 힘쓰라는 메시지일까? 지드가 알리사를 통해 극도의 고행과 금욕주의를 경

고하고, 제롬을 통해 자신의 본능과 자유에 충실하라는 메시지를 전하는
것이라 해도, 알리사가 내게 보여주었던 신비적인 신앙과 숭고함으로 빛
나는 사랑의 전언은 여전히 내 가슴에 살아 있음을 확인한다.

—「『좁은 문』 다시 읽기」

　돌이켜보면 사방천지 홀로인 듯 외로웠지만 여러 인연들과 '함께'했기
에 살아냈다. 그러나 내 삶은 나 홀로 책임져야 하는 과업이기도 하니
인생이란 '홀로 함께 가는 길'이라 하겠다.

—「홀로서기」

앙드레 지드의 소설 『좁은 문』을 경험적 깊이로 읽어내는 작가의
기억과 필치가 현재형으로 다가오는 위 작품은, 마치 첫사랑을 만난
듯, 오래 전 그 작품이 작가에게 주었던 "묵직한 감동"을 지금의 우리
에게 전해주고 있다. 『좁은 문』이 단순한 사랑 이야기가 아니라 무신
론적 휴머니스트였던 지드의 "잃어버린 인간다움에 바치는 헌사"로
읽는 독법讀法은 충분히 중후하다. 그럼에도 "알리사가 내게 보여주
었던 신비적인 신앙과 숭고함으로 빛나는 사랑의 전언"을 가슴속에
살아 있게 하려는 작가의 마음은 여전히 정진희를 사랑의 옹호자로
만들어준다. 1980년대 한국 독서계를 강타했던 서정윤 시집 『홀로서
기』를 톺아 올린 아래 작품은 홀로 살아온 인생이지만 그럼에도 함께
해온 시간에 감사하는 마음을 공감적으로 담고 있다. 그 함께해온 인
연들로 하여 작가는 삶이 "홀로 함께 가는 길"이라는 독창적 해석을

얻게 되는 것이다.

이렇듯 정진희는 수많은 동서양의 고전과 문학 텍스트를 섭렵하면서 '작가-독자'는 물론 '자신-그 옛날의 자신' 사이에 소통과 대화의 다리를 놓아간다. 언젠가 다른 작품에서 말했던 "황소 같은 고집과 신념으로 단단하지 않고, 나비 날갯짓처럼 팔랑팔랑 흔들리지 않으며, 황당함과 무례로 경중 뜀뛰지 않는 다리, 오래 걸어도 피곤하지 않는 그런 다리를 놓고 싶다. 그 위에 시원한 바람이 불고 외로운 사람들이 힘을 얻는 다리, 그래서 또 다른 누군가에게로, 혹은 다른 세계로 이어지는 다리로 그대와 이어지고 싶다"(「다리에 관한 명상」)라는 스스로의 다짐을 훤칠하게 실천하고 있는 것이다.

4. 여행과 영화 경험을 통한 새로운 시공간 탐색

다음으로 정진희 수필에서 중요한 권역으로는 '여행'과 '영화'가 있다. 이러한 경험을 담은 작품들 안에는 작가 자신이 가닿은 새로운 시공간에 대한 편력과 함께 그에 대한 날카로운 의미화 과정이 담겨 있다. 이러한 편력과 탐색 과정이 그 자체로 우리의 삶에 충격과 감동을 주는 것은 말할 필요도 없을 것이다.

그렇게 정진희 수필에서는 여행과 영화(이 또한 상상적 여행일 것이다!)를 통한 인생론적 탐색과 긍정의 의지가 담긴 다양한 문양紋樣이 뚜렷하게 나타난다. 특별히 우리가 주목해야 할 것은 이 모든 것이 단순한 여행기나 영화 감상기가 아니라 그 세계를 자신의 시대와 연결하여 공공적 사유로 전환해가는 정진희의 치열한 작가정신을 담은 일종의 비평적 결실이라는 점이다.

디오니소스적인 성향을 죄악시하며 아폴론적인 인간이 되려고 노력했던 시절이 있었다. 모든 질서와 규칙에 어긋나지 않고 본분에 충실한 모범생으로 칭찬받는 것에 익숙해져갔다. 도발이나 일탈은 꾹꾹 눌러 없어졌다고 믿었다. 어느 날, 신의 이름으로 간절히 기도할 때, 화두를 들고 마음에 집중할 때, 무의식에 가라앉아 있던 그림자들이 쏟아져 나왔다. 어둠 속에 방치되었던 내 안의 디오니소스가 세상 밖으로 나오면서 나는 훨씬 더 편해졌다.

—「세상과 인간에 대한 통찰의 장소」

"분노는 정의를 향한 영혼의 능력"이라고 한 플라톤, "마땅히 분노해야 할 일에 분노하지 않는 것은 중용을 지키지 않는 일"이라고 한 아리스토텔레스, "분노는 한 사회의 건강함을 포착할 수 있는 일종의 바로미터"라고 지적한 작가 손병석, "거룩한 분노는 종교보다도 깊다."고 한 시인 변영로의 말을 떠올려봅니다. 원혼을 달래는 것은 미루나무에게 맡기고 우리는 그들의 만행을 절대 잊어서는 안 됩니다. 시베리아 벌판처럼 차고 거센 바람이 부는 곳에 서서 아직 용서하지 못하고 떠도는 영혼들을 위한 기도를 올립니다. 어서 용서하고 편히 잠들라고.

(…)

가을이 그 사이 푹푹 깊어져 발목이 시립니다. "폴란드 망명정부의 지폐" 같은 낙엽을 밟으며 이제 폴란드를 떠나려 합니다. 머지않아 이 땅에 찬란한 봄이 오리라 믿으며 내가 떠나온 곳으로 돌아가 거룩한 '분노'를 이어가려 합니다.

—「폴란드를 떠나며」

광폭의 시공간 이동을 통해 정진희 수필은 옹색한 사인성私人性을 훌쩍 벗어난다. 작가는 세상과 인간에 대한 통찰의 장소로서 그리스 델피 신전神殿을 명명한다. 그곳에서 수많은 사제들과 예언과 성역이 가지는 아우라Aura를 느끼고는 아폴론과 디오니소스, 성스러운 것과 인간적인 것의 조화를 은은하고도 단호하게 생각한다. 그리고는 자신에게도 디오니소스적 성향을 배척하고 아폴론적 인간이 되려던 시절이 있었음을 떠올리면서, 이제는 "무의식에 가라앉아 있던 그림자들"을 긍정하면서 "어둠 속에 방치되었던 내 안의 디오니소스"를 탈환해가고 있다고 힘주어 강조한다.

인류 죄악의 집성集成이라 할 만한 폴란드 아우슈비츠에서 작가는 수많은 홀로코스트 영화들을 떠올리면서 역사에 대한 분노의 위엄을 다시 한번 사유한다. 수많은 이들이 말한 "분노는 정의를 향한 영혼의 능력", "마땅히 분노해야 할 일에 분노하지 않는 것은 중용을 지키지 않는 일" 등의 정언을 환기하면서, 작가는 김광균의 시 「추일서정」에 나오는 "폴란드 망명정부의 지폐" 같은 낙엽을 밟으며 머지않아 이 땅에 찬란한 봄이 오리라 믿는다. 그리고 떠나온 곳으로 돌아가 거룩한 분노를 이어가리라고 다짐해본다.

정진희의 내면에 가득한 정의로움이 "무수한 산정을 향한 투쟁"(「코린토스에는 시시포스가 산다」)의 아름다움을 보여준 시시포스, "그리스 델피 신전 기둥에 새겨져 있었다는 '절제하라!'는 명령"(「폼페이에서 만난 이카루스」)을 환기해준 이카루스 등의 모습을 얹어 특유의 심미성과 역사성을 동시에 획득하는 순간이 아닐 수 없을 것이다.

우리가 함께했던 고뇌와 갈등의 시간들, 별빛 달빛보다 찬란했던 순간들, 안타깝게 이루지 못한 사랑의 회억, 다시는 돌아갈 수 없음에 더 아름다운 나의 첫사랑. 그 기억만을 간직하기로 한다. 초원의 빛이여, 꽃의 영광이여.

—「초원의 빛」

다뉴브 강변의 화려한 불빛은 어쩌면 비극의 역사 속에 스러져간 영혼들이 흘리는 눈물의 반사로 더 아름다운지도 모른다. 그들 중에 한 명이었을 자보와 안드라스와 이름 모를 영혼들을 위해 잠시 눈을 감는다. 글루미 선데이 슬픈 곡조가 다뉴브 강물 위로 흐른다.

—「우울한 일요일의 노래」

엘리아 카잔 감독의 영화 〈초원의 빛〉은 못 이룬 첫사랑을 다룬 작품이다. 나탈리 우드의 청초한 인상이 지금도 선연하기만 하다. 작가는 스스로의 첫사랑 경험을 그 안으로 투영하면서, 이 작품에 모티프가 되었고 엔딩 화면을 장식하기도 했던 워즈워스의 시 「초원의 빛」을 떠올린다. 그 안에는 우리가 함께했던 고뇌의 시간들, 별빛보다 찬란했던 순간들, 안타깝게 이루지 못한 사랑의 기억들이 숨쉬고 있다. 하지만 다시는 돌아갈 수 없기 때문에 더 아름다운 것이 '첫사랑' 아니겠는가. "초원의 빛이여, 꽃의 영광이여"라는 구절은 그러한 청춘의 역설적 광휘光輝를 지금도 산뜻하게 전해주고 있다.

영화 〈글루미 선데이〉에 대한 탁월한 해석과 감상을 담은 아래 작품은 언뜻 낭만적일 수 있는 다뉴브 강 야경으로 하여금 역사의 현장으로 탈바꿈하게끔 하는 역량에 의해 특유의 역사성을 부여받고 있다. 강의 흐름은 작가의 예리한 사유 속에서 어둑하게 그 모습을 드러내고, 잠시 눈을 감은 작가의 모습에서 우리는 아픈 기억들이 사라져도 그것이 없어지는 것은 아님을 느끼게 된다. "다뉴브 강변의 화려한 불빛은 어쩌면 비극의 역사 속에 스러져간 영혼들이 흘리는 눈물의 반사로 더 아름다운지도 모른다"라는 그녀 특유의 아름다운 문장을 만나보라. 이처럼 정진희는 영화가 주는 따뜻한 감동과 서늘한 깨우침을 간직하면서, 단정한 문장을 통해 그 세계를 아름답게 전해준다.

그렇게 그녀는 '여행'과 '예술'과 '수필'의 상호 접점에서 인간의 고독과 존엄성을 물어가는 목소리를 우리에게 들려주는 것이다. 그 사이사이로 여행과 영화 경험을 통한 새로운 시공간 탐색 과정이 아득하게 흘러가고 있다.

5. 꿈으로 엮어가는 삶의 균형 의지

이렇게 '고백-소통-역사화'의 궤적을 밟아온 정진희 수필은 공公과 사私, 경험과 해석, 찬탄과 반성, 공감과 회의, 연민과 경이 등을 수없이 통합하면서 한국 수필의 품을 넓히고 격을 높여주고 있다. 이러한 긍정적이고 친화적인 언어를 통해 그녀는 궁극적으로 갈등보다는 화해, 부정적 의식보다는 긍정적 의식을 강조해마지 않는다. 그래서 갈등을 유발할 수 있는 상황이나 텍스트를 예거한다고 하더라도, 작가는 그것을 내면적 의지나 시선의 변화를 통해 하나씩 극복해간다.

또한 그녀의 문장은 정확하고 단호하고 절제되어 있다. 그의 독자적 문채文彩, figure는 박진감과 미학적 자의식으로 가득하고, 긍정적 사유가 길어내는 가치를 통해 결국 자기 발견의 서사로 나아가는 과정을 아름답게 보여준다. 이러한 정진희 수필의 통합적 면모를 우리는 다음의 실례에서 거듭 만나게 된다.

인생의 절반을 훌쩍 넘기고 보니 간절하게 바라는 것이 별로 없어졌다. 여전히 가족과 지인들의 안녕과 행운을 위해 기도하지만 '간절함'이 빠진 조용한 묵상의 시간이다. 느긋하고 헐거워진 만큼 익숙하고 편안해졌다. 내가 할 수 있는 만큼 하고, 주어지는 만큼 받고, 나눌 수 있는 만큼 나누고, 평가나 결과에 연연하지 않는 삶이길 바란다. 얼마 전 크레타 섬에서 보았던 카잔차키스의 묘와 묘비명이 떠오른다. "나는 바라는 것이 없다. 나는 두려운 것이 없다. 나는 자유다"라는 그의 경지를 헤아려본다.

　영화 〈사랑의 종말〉을 통해 진정한 사랑에 대해 사유해가는 과정을 소개한 이 작품은, 누군가를 위해 간절하게 기원해온 자신의 지나온 삶을 앞부분에 피력하고 있다. 물론 작가는 중년 이후 간절하게 바라는 것이 별로 없어졌다고 한다. 가족과 지인들을 위한 기도도 '간절함'이 빠진 조용한 묵상의 시간이 되어버렸지만, 작가는 역설적으로 그러한 느긋함과 헐거움과 자유로움으로 더욱 편안해졌고 "내가 할 수 있는 만큼 하고, 주어지는 만큼 받고, 나눌 수 있는 만큼 나누고, 평가나 결과에 연연하지 않는 삶"을 소망해본다. 한 차원 높아진 그녀의 자유로움 위로 그녀가 크레타 섬에서 보았던 니코스 카잔차키스의 "나는 바라는 것이 없다. 나는 두려운 것이 없다. 나는 자유다"라는 묘비명이 떠오르는 것은 그래서 퍽 자연스럽다. 그리고 그 자연스러움이 '간절함'의 다른 이름일 것이란 생각이 우리의 마음을 스쳐간다.

　전생이 개였을 것 같은 의문에서 시작된 전생 찾기는 내게 현재의 삶과 나 자신을 이해하는 데 도움이 되었다. 있는 것을 없다고 밝히지 못하면 있는 것으로 여길 수밖에 없다. 또한 있는 것을 있다고 밝힐 수 없으면 미신이 되기 쉽다. 전생요법이 확고히 자리잡기 위해선 더 확실한 과학적 근거와 종교적 한계를 벗어난 폭넓은 연구가 필요해 보인다.

―「전생이 개라고?」

살아온 날들을 생각해보면 하루하루가 천국이고 때론 지옥이었다. 어떤 날은 하루에도 몇 번이나 지옥과 천국을 왔다갔다 한 것 같다. 다행히 나이와 함께 천국인 마음이 지옥으로 가려할 때 붙잡는 힘이 조금씩 자라고 있다. 그러니까 내가 마음먹기에 따라 천국도 되고 지옥도 된다. 지금 여기에서 천국으로 사는 사람이 많을수록 이 사회가, 이 지구별이 조금 더 살기 좋은 곳이 될 거라 믿는다. 아마 단테도 그걸 바라고 저리 무서운 지옥을 그렸으리라 여겨진다.

―「지옥에 다녀온 사람」

'전생'이라는 재미난 화두를 다룬 위 작품은 정진희가 매우 활달하고 다양한 국면을 수필의 제재로 쓰고 있음을 환하게 알려준다. 그녀의 "전생이 개였을 것 같은 의문에서 시작된 전생 찾기"는 현재의 삶과 자신을 이해하는 데 도움이 되었다고 작가는 말한다. "확실한 과학적 근거와 종교적 한계를 벗어난 폭넓은 연구"라는 그녀 특유의 균형감각을 갖춘 결론은 지금까지 이어온 그녀 수필의 신뢰에 정확하게 상부한다.

아래 작품에서는 살아서 저승에 다녀온 신화적 존재들을 촘촘히 예거한 후 다시 단테의 『신곡』으로 돌아와 "살아온 날들을 생각해보면 하루하루가 천국이고 때론 지옥"이었음을 고백하고 있다. "내가 마음먹기에 따라 천국도 되고 지옥도 된다. 지금 여기에서 천국으로 사는 사람이 많을수록 이 사회가, 이 지구별이 조금 더 살기 좋은 곳이 될 거라 믿는다"라는 그녀의 단단한 깨달음 위로 피렌체의 단테도 썩 괜

찮은 믿음을 얹어줄 것이다.

이처럼 '간절함/자유로움', '과학/종교', '천국/지옥' 사이의 균형 감각은 '작가 정진희'의 사유와 실천을 중용中庸의 지혜로 인도하면서 그녀의 수필로 하여금 우리 시대의 흡인력 있는 지남指南이 되게끔 해준다. 그 균형 위에서 작가는 스스로 꿈을 꾸고, 누구에게든 꿈을 권면하고 있는 것이다.

아무튼 단팥빵을 배터지게 먹는 것을 꿈꾸거나, 만지는 것마다 금으로 변하는 '미다스의 손'을 꿈꾸지 않은 것은 얼마나 다행인가. 그러나 이런 집에 살면서 반짝이는 사유와 풍부한 감수성과 방대한 지식과 천재적인 문장력을 지닌 작가가 되는 것을 꿈꾸었더라면 얼마나 좋았을까. 그때 그런 꿈을 같이 꾸었더라면 지금쯤 이루어졌을지도 모를 텐데 말이다. 가만, 그러고 보니 내 욕심만 부린 것 같아 슬쩍 부끄러워진다. 그렇다면 통일된 대한민국, 전쟁과 기아가 없는 지구촌을 위해 지금부터 다시 꿈을 꾸어야겠다. 나이가 너무 많아 이루어지는 것을 못 볼지라도 언젠가 실현될 그날을 기다리며 꿈을 꾸는 동안의 행복을 다시 누려야겠다.

―「꿈을 꾸는 동안」

남루하지만 소박하고, 어리숙하지만 때 묻지 않은 순수가 있었던 시절의 힘으로 작가는 많은 이들에게 '꿈을 꾸는 동안'의 아름다움을 설파해간다. 붉은 벽돌집에서 하얀 벽돌집으로 이동해갔던 시절의 오랜 꿈을 떠올리면서 작가는 반짝이는 사유와 풍부한 감수성과 천재적인 문장력을 내면에서 갈망했던 시절을 떠올린다. 그런 걸 꿈꾸었다면 얼마나 좋았을까 하고 회상하고 있지만, 어쩌면 작가는 스스로 그런 꿈을 꾸면서 살아 있음을 순간순간 확인해왔을 것이다. 이때 우리는 정진희의 수필도 다른 누군가로 하여금 꿈을 꾸게끔 하는 공간임을 알게 된다.

그렇게 다시 꿈을 꾸어야겠다는 작가의 다짐 안에는 "본래면목에 집중한다. 비뚤어진 고집, 거친 생각, 불안한 욕망들이 풀처럼 눕는다. 아무런 가면 없이 모든 역할을 무난히 수행할 수 있을 때, 비로소 인생은 연극이 아니라 '삶'으로 주어지는 것이 아닐까"(「가면」)라는 작가 스스로의 실존적 초상이 담겨 있는 셈이다. 그녀의 수필이 들려주는, 꿈으로 엮어가는 삶의 균형 의지를 미더움으로 다시 한번 읽게 되는 까닭이다.

6. 꺼지지 않는 등불처럼

대체적으로 수필은 작가 자신의 성찰적 성격을 짙게 담아간다. 따라서 수필가는 자신의 주변에서 친숙하게 경험할 법한 삶의 양상에 언어적 초점을 맞추게 마련이다. 그리고 일상에서 마주치는 순간적 자각과 감동을 꽤 점착력 높은 문장으로 독자들에게 제시하게 된다. 또한 작가는 어떤 형식에도 구애받지 않고 자신의 정서를 드러내면서 무형식無形式의 형식을 가진 자유로운 수필의 속성을 유지해간다. 그 안에는 작가 나름의 세계 이해와 표현이 담기게 되고, 독자들에게 깊은 공감을 건네려는 작가의 의지가 깊이 출렁이게 된다. 그러나 아무리 수필이 그 자체로 친화력과 공감력이 크다고 해도 수필에 대한 비평이 무용한 것은 아니다. 비교적 난해성이 적다고 하더라도 수필 역시 비평가의 해석과 평가를 통해 새로운 질서와 적정한 의미를 얻을 수 있기 때문이다.

이 글은 이러한 의도 아래 쓰였다. 결국 우리가 읽은 정진희 수필은 그녀의 인생론적 해석과 그것의 소통 의지에서 발원하고 완성되었다고 말할 수 있다. 우리는 이번 수필집을 통해 수필이 지성과 감성을 통합한 고백과 소통의 언어 양식이라는 점에 실감 있게 가닿게 된다.

특유의 균형 감각으로 고백해간 "외롭고 높고 쓸쓸한"(백석, 「흰 바람벽이 있어」) 것들에 대한 사랑의 마음이 정진희 수필로 하여금 우리 수필의 가장 멋진 화폭으로 다가오게끔 해준 것이다. 일상에서 역사까지, 연민에서 분노까지, 생성에서 소멸까지 밀도 있게 사유해가는 작가의 창의적 언어가 이러한 수필 문학의 위의威儀를 보여준 것이다. 그래서 우리는 이번 수필집으로 하여 '작가 정진희'는 우리 수필문학사에서 단연 중요한 위상을 부여받게 되었노라고 말할 수 있을 것이다.

이 글에서 미처 다루지 못했지만 정진희 수필에는 '검정봉지로 남은 여자'나 언제나 당당했던 '친구 P'처럼 연민의 대상이 되는 타자들도 이야기의 중심에 있고, 김성동 작가, 오탁번 시인, 유안진 시인, 심수구 화백 같은 정진희에게 매력적으로 다가왔던 이들도 구체적으로 등장한다. 모두 "사람이 온다는 건/ 실은 어마어마한 일이다/ 한 사람의 일생이 오기 때문이다"(정현종, 「방문객」)라는 표현처럼, 타자들을 존중하는 작가의 마음이 반영된 애틋한 결실일 것이다.

나아가 카뮈의 『페스트』를 통해서는 성실한 자세만이 부조리의 재앙을 이겨내는 것이라고 하는 시대적 감각을 보여주는가 하면, 「폭설」에서는 황홀, 충만, 증발의 속성을 통해 시적詩的으로 충만한 세계를 이루어내기도 한다. 다양하기 그지없는 음역音域이 아닐 수 없다. 그리고 이 모든 것은 그녀만의 '상춘常春'(「회춘 레시피」)을 보여주는 뚜렷한 실례일 것이다. 하지만 우리는 앞으로 수필가로서 살아갈 정진희의 본래면목本來面目은 아래 세 작품의 다음과 같은 표현에 있을 것이라고 짐작해본다.

수필가로서 자기 완성을 위한 지극한 성誠과 겸謙과 경敬을 실천해오신 선생님. 광활한 벌판, 깊고 고요한 바다, 푸른 밤하늘에 빛나는 별, "사바고를 떨구고 빛나는 나목" 같은 선생님의 문학세계를 마치 선생님인 듯 가슴에 품고 걸어가겠습니다.

—「꺼지지 않는 등불 하나」

첫사랑처럼 분명 있었는데 지금은 가고 없는 것들에 대한 그리움이며, 이룰 수 없는 것에 대한 동경이며, 등이 휠 것 같아도 하늘을 바라보는 여유이며, 파도처럼 출렁이고 비와 함께 젖는 눈물이다.

—「낭만에 대하여」

235

푸른 지느러미 같은 구름이 붉은 노을에 섞여들고 공원 벤치에 앉았던 사람들은 하나둘씩 일어서서 집으로 돌아간다. 노을을 배경 삼아 빈 몸으로 서 있는 나무들의 자태가 일체의 가식과 포장을 거부한 수도승인 양 숭고하다. 태양을 밀어내며 먹물이 한 방울 두 방울 떨어진다. 그 농도를 따라 존재하는 모든 것들의 온도와 그들의 숨결이 물들어간다. 열기를 내리고 자세를 낮추며 비어간다. 평화롭고 경건하다. 나도 그들처럼 하늘 아래 엎드리고 싶다. 강 쪽으로 내려가 흐르는 강물을 들여다본다.

— 「떠나온 곳에 남겨진 것들」

비록 선배 수필가에 대한 헌정 형식을 띠고 있지만 "자기 완성을 위한 지극한 성誠과 겸謙과 경敬을 실천"한다든지 "광활한 벌판, 깊고 고요한 바다, 푸른 밤하늘에 빛나는 별"과 같은 시공을 탐험하고 해석해간다든지 하는 모습은 그 자체로 '작가 정진희'의 꺼지지 않는 핵심 표지標識가 되어줄 것이다. 나아가 우리는 그녀의 수필이 앞으로도 "첫사랑처럼 분명 있었는데 지금은 가고 없는 것들에 대한 그리움"과 "이룰 수 없는 것에 대한 동경"과 "등이 휠 것 같아도 하늘을 바라보는 여유"와 "파도처럼 출렁이고 비와 함께 젖는 눈물"을 담는 언어일 것이라고 예감해본다. 마지막으로 그녀의 수필은 "푸른 지느러미 같은 구름이 붉은 노을에 섞여"드는 순간, 일체의 가식을 거부한 수도승인 양 숭고하게 서 있는 나무들의 외로움과 눈부심을 형상화해갈 것이라고 우리는 생각해본다.

경건한 사물이 전해주는 한없는 평화 아래서 정진희는 그들처럼 하늘 아래 엎드리고 싶은 마음으로 굽힘없이 자신만의 "떠나온 곳에 남겨진" 언어들을 채집해갈 것이다. '그리움'이란 원래 사라져버린 존재론적 기원origin을 향하게 하는데 그래서 그것은 어떤 부재 상황을 깨끗한 슬픔으로 수납해 들이는 과정을 포함하게 된다. 정진희 수필의 저류底流에 흐르는 힘은 아마도 그러한 숭고한 그리움에서 생겨나는 것일 터이다.

수필은 문학 갈래 중에서도 독특한 성격을 지니는 언어 예술이다. 시나 소설이나 희곡처럼 창작이면서도 허구적 형상화에 의한 순수 창작은 아니고, 비평적 속성을 품으면서도 논리적 해석과 평가의 흐름으로 이어지는 순수 비평도 아니다. 아니 그 성격을 모두 품고 있다고 해야 할 것이다. 그러면서도 인생을 관찰하여 그 의미를 밝히기도 하고, 날카로운 지성으로 새로운 삶의 방향을 제시하기도 한다. 정진희 수필은 "걱정 마. 내가 있잖아. 너도 할 수 있어"(「키다리 아저씨」)라는 속 깊은 마음으로 우리를 위안하고 충격하고 서늘한 경이를 선사하는 매혹적 지성의 세계이다. 우리는 그녀의 수필을 읽음으로써 밝은 공감과 애잔한 기억, 그리고 삶의 그리움과 예지로 가득한 순간을 만나게 된다. 그렇게 균형 의지로 충일한, 숭고한 그리움의 미학이 아름답고 융융하게 흐르는 이 작품들이 우리 수필 문학의 정점이 되는 까닭이다.

무녀병 앓지 않고 신내림 받은 강신무

임헌영/ 문학평론가

    정진희 작가의 문학적 열원은 강신무 같은 돈오돈수의 번득이는 비의에 있다. 번개처럼 빠른 그 예지는 다오니소스적이지만 이를 이성적인 아폴론으로 환치한다. 그녀의 뜨거운 미학적 열망이 논리적이며 현실적인 삶의 질서에 따르는 산문으로 탄생하는 과정이다. 굳이 비유하자면 무녀병을 앓지 않고 신내림을 받는 강신무라고나 할까. 굿 마당에서 신명나게 발광처럼, 도취처럼, 환희와 도약처럼 춤추는 무녀가 아니라 아담한 신전에 우아하게 정좌한 아폴론 같은 작가혼을 지녔다는 뜻이다.

    그래서 정진희 작가는 에세이에 못지않게 탐방기와 대담, 기행 등에서도 단연 발군의 솜씨를 발휘한다. 첫 수필집『외로운 영혼들의 우체국』은 시인, 작가 등을 인터뷰한 글모음집으로 한국 수필문학사에서 기념비적인 업적으로 남을 것인 바, 이런 작업을 가능케 만든 재능의 바탕이 바로 아폴론적인 예술혼이 디오니소스를 승기한 데서 연유

한다.

두 번째 수필집『우즈 강가에서 울프를 만나다』는 조경희문학상 신인상 수상작이다. 이 작품집에서는 자신의 성장기와 일상적인 삶을 진솔하게 드러내주면서 인생론과 처세술, 신앙론, 예술론 등등을 담담하게 전개하고 있다.

세 번째 작품집인『떠나온 곳에 남겨진 것들』에서 정진희 작가는 이제 변증법적인 원숙의 경지로 접어든 수작들을 보여준다. 「왼손잡이」, 「미투 열풍을 보며」, 「보들레르여, 오늘도 건배」, 「회춘 레시피」 등등은 단연 돋보이는 가작들로 우리 시대 수필계에서 이만한 심미안과 사회의식에다 올바른 비판력까지 갖춘 작가가 얼마나 될까를 생각하도록 만든다. 실로 우리 수필계의 든든한 버팀목이 됨직하다. 「행복에 대하여」와 「문득 나는」 등은 자신의 인생론을 축약시킨 글들로 정교한 구성에다 호소력이 강한 사연들로 꾸며져 있다.

「좁은 문' 다시 읽기」는 정진희 작가가 지닌 아폴론적인 논리성의 장기를 확연하게 보여주는 글로 차라리 비평문이래도 손색이 없을 정도다. 이와 같은 성격을 지닌 기행문의 예로는 「아폴로 코스트 해안선을 따라」나, 「최후의 심판 ─단테의『신곡』을 찾아서」를 들 수 있다. 정작가의 기행문은 철저한 자료조사와 연구에 바탕한 극사실적인 탐구자세로 구축되어 있기 때문에 가히 전문가 수준에 이르고 있다. 풍요로운 작가정신이 실감나는 현장감과 조화를 이루고 있는 정보가 풍성한 작품들이다.

이 작가의 장기인 대담 글들이 이번 책에서 빠진 건 아쉽지만 아마 그걸 한데 따로 묶을 심산으로 보인다. 그 대신 작가 김성동과 시인 오탁번을 수필 형식으로 쓴 두 편을 보노라면 정 작가의 투시력과 관찰력이 평론가적인 분석력을 갖추고 있음을 유추할 수 있을 것이다.

수필계에서 정진희 작가처럼 다양한 형식의 글을 능숙하게 소화해 내는 경우는 흔치 않다. 뿐만 아니라 그녀는 수필계의 울타리를 넘어 시인과 소설가들과도 너끈히 어울려 고담준론을 펼치고 있으니 멀지 않아 수필계의 마당발로 등극할 법하다. 아니, 이미 마당발일 것이다.

이 강신무 같은 작가가 세 번째 수필집을 계기로 많은 독자들의 사랑을 받기를 바란다.

정진희 수필집

떠나온 곳에 남겨진 것들

지은이_ 정진희
펴낸이_ 조현석
펴낸곳_ 북인
디자인_ 푸른영토

1판 1쇄_ 2020년 10월 23일
출판등록번호_ 313 - 2004 - 000111
주소_ 121 - 842 서울 마포구 서교동 467 - 4, 301호
전화_ 02 - 323 - 7767
팩스_ 02 - 323 - 7845

ISBN 979-11-6512-017-7 03810
ⓒ 정진희, 2020

이 도서의 국립중앙도서관 출판예정도서목록(CIP)은 서지정보유통지원시스템 홈페이지
(http://seoji.nl.go.kr)와 국가자료종합목록시스템(http://www.nl.go.kr/kolisnet)에서
이용하실 수 있습니다. (CIP제어번호 : CIP2020043177)